王啸峰 著

虎嗅

南京出版传媒集团 南京出版社

图书在版编目（CIP）数据

虎嗅 / 王啸峰著. -- 南京：南京出版社，2023.4
ISBN 978-7-5533-4155-2

Ⅰ.①虎… Ⅱ.①王… Ⅲ.①短篇小说–小说集–中
国–当代 Ⅳ.①I247.7

中国国家版本馆CIP数据核字（2023）第048455号

书　　名　虎嗅
著　　者　王啸峰
出版发行　南京出版传媒集团
　　　　　南京出版社
社址：南京市太平门街53号　　　　　邮编：210016
网址：http://www.njcbs.cn　　　　电子信箱：njcbs1988@163.com
联系电话：025-83283893、83283864（营销）　025-83112257（编务）

出 版 人　项晓宁
出 品 人　卢海鸣
责任编辑　张　莉
策划编辑　陆　萱
特约编辑　王　娜
题　　字　管　峻
装帧设计　张景春　张　淼
责任印制　杨福彬

排　　版　南京新华丰制版有限公司
印　　刷　南京爱德印刷有限公司
开　　本　889毫米×1194毫米　1/32
印　　张　9.5
字　　数　160千字
版　　次　2023年4月第1版
印　　次　2023年4月第1次印刷
书　　号　ISBN 978-7-5533-4155-2
定　　价　58.00元

用微信或京东
APP扫码购书

用淘宝APP
扫码购书

作者简介

王啸峰，苏州人，1969年12月生，现为中国电力作协副主席、江苏省电力作协主席。小说列入中国小说学会好小说榜单、城市文学排行榜、第六届和第七届紫金山文学奖、第三届钟山文学奖等。在《人民文学》《收获》《十月》《钟山》《花城》《作家》《上海文学》《青年文学》《散文》《美文》等文学刊物上发表小说、散文作品。出版散文集《苏州烟雨》《吴门梦忆》《不忆苏州》、小说集《隐秘花园》《浮生流年》等。作品入选年度最佳小说集、散文集，被选入《小说选刊》《小说月报》《中篇小说选刊》《散文选刊》等。

插画师简介

　　许静，南京市美术家协会会员，南京市油画学会会员，《青春》特约插画师。作品曾先后参加"新时代颂"2022江苏美术摄影主题联展、南京都市圈油画邀请展、相约扬州——2022江苏省小幅油画作品展、2022江苏省美协省直分会年度展等。获全国卫生美术一等奖等奖项。

目 录

辑三　　秋之韵

辑四　　冬之旅

城市越精彩　人们越寂寞

我们都是喧嚣城市孤独人

—— 王啸峰

辑一　春之声

立 春

会议已持续两个半小时，窗外天几乎全暗下来了。外地参会人员开始刷手机，或者东张西望。她想提醒经理，再开下去只会拖累大家。可看到经理紧锁眉头的样子，又考虑到自己是项目负责人，只能坚持下去。

不知从什么地方飘过来一股油炸排骨的气味，她暗暗叹口气。这个时节，她的故乡，一个被雪覆盖的小县城，满街都是这种油馉味。人们开心地准备年货，唯恐漏掉一两件过节必备品。唯一可以忽略的，就是上班。

一下午没看手机，她趁经理总结的当口，悄悄瞄了一眼。平时不大发微信的大哥一下子发了好几条，总的说来，一句话：父亲病重，希望她春节回来看看。

她握着的笔，飞快地记着经理的总结内容，那支笔像有魔力，紧跟着经理的话，复制到本子上。她还努力思考经理的话，但是这些话进到她脑子里就不见了，她忙着找，竟然一直走在冰封的北方小城里。

会议结束的时候，经理让她连夜把会议纪要整理出来，明天一早他拿去向董事长汇报。

她给陈坚打了电话，让他去接儿子。陈坚叽叽歪歪的态度，她早就料到了。反正他答应去就好。

同事们一个个走了，办公室变大了。咖啡机磨豆的声音有了回声。她对着电脑坐了半个小时，没有写出一句话。她索性拿出手机，打开微信。"花园西路 19 号"微信群并不热闹，她往下翻了好长时间才找到。57 条未读信息。她回想上次进群，还是大哥提醒："父亲生日，你也去群里祝贺几句。"可她只进去瞧了瞧，并没有说话。那些未读信息，要么"早安""晚安""身体健康"，要么"此药治百病""心态好百岁寿""亲情友情常在"等等。最近的一个信息是昨晚发的。没有关于父亲的任何消息。

她捧着马克杯，站到窗口眺望这个南方城市。公司租的写字楼楼层很高，固定视角内的城市由近到远，高楼、湖泊、高架、山峦等都在她的视线范围内。而"花园西路 19 号"靠着的那个花园，只有两个小土墩，种着十几棵落叶松，草本植物她叫不出名字，只在春天的有限几天里，开出紫色、黄色的小花来。

昨晚，她冒出去海南过春节的强烈意愿，陈坚也丢开粘在手上的手机，热烈地跟她讨论是玩经典的东路，还是刚拓展旅游的西路。他们还查了来回机票价格，如果假前两天去，假后一两天回来，可以省一半机票钱。陈坚还半开玩笑地说，东北人就喜欢海南，现在三亚通用语言是东北话。她愣了一下，其实她不是特别喜欢热。自从母亲去世后，每年春节，她都远离北方，越远越好。

她打通大哥的微信电话。

"什么情况啊？"

"昨晚路滑摔了一跤。送进医院了。"

"医生怎么说？"

"摔跤引发脑出血。"

"他是不是又喝多了？"

"还好还好，幸亏一起喝酒的老头在。"

"又是喝酒闹的！害人哪！"

"哎！你也不要怪他，他就这么点乐趣。"

"现在情况怎样？"

"我在医院。目前他脑子还算清醒，不过身体不能动弹。"

她忽然发现自己拿手机的手在抖。眼前黑下来，一束微光照着一个瘦弱、矮小的老太，老太满脸愁容，向她张开求助的双手。那是她母亲。她最终没有见上母亲一面。回家守灵的第一个子夜，突然控制不住自己，她跳起来发疯般地打父亲、骂父亲。他只是缩了身体，坐在小板凳上，任她打骂，一声不吭。

"喂，你在听吗？"

大哥反复问了几遍，她才回过神："嗯，我在。"

"春节，你回来吧？"大哥小心试探。

"再说再说。"她想挂电话。

大哥立刻补了一句："还是回来一趟。他念你的……他时间不多了。"

没有接话，她掐断通话。

回到办公桌前，喝一口咖啡。悬着的事情，最难过。现在，也就这样了，她反而把这事先放放了。

翻开笔记本，看看下午的记录，收了几个邮件，浏览一下同事的观点。思考片刻，她把经理的总结讲话提炼了若干个要点。很快，一份会议纪要写好了。给经理邮箱发过去的时候，她看了一眼时间，八点半。时间还不算晚，办公楼对面的超市九点半才关门，她可以买点面包、牛奶什么的带回去。没有关照，陈坚肯定不会买明天的早餐。

她老练地先去特价区看看有什么便宜货。关门前一小时，超市会低价处理一些生鲜食品。她边看边挑，不是嫌快到保质期，就是嫌品质不好。突然，几捆碧绿的茴香菜映入她的眼帘。她捧在手上，细细端详。新鲜的茴香菜散发出特有的熟悉味道。南方人不懂，也不大会做茴香菜肴。母亲厨艺最突出的特点是把茴香菜做到了极致，常做茴香馅水饺、包子，还做茴香油条、疙瘩汤。想到这里，她嘴里泛起口水。接着，又黯然神伤。

她拿了牛奶、酸奶、奶酪和杂粮面包，往收银台走，走着走着，猛地一个拐弯，又跑回特价蔬菜区，抓了三把茴香菜放在购物篮里。顺其自然地，在肉类区挑了两包肉酱。她要做茴香水饺给陈坚和儿子吃。

收银员是个话多的中年妇女，九点过了，工作闲散下来。

"这是茴香菜吧？"

"哦，是呢。"

"我是不会做的，听说茴香饺子很好吃。"

"对的，好吃的。"

"茴香好，好茴香啊！"

她笑笑，把菜装进塑料袋，突然听见收银员的话，猛地心里一紧。

啊！茴香，就是"回乡"啊！

走出地铁站，九点钟的站台上人还是不少，几乎每个人都在埋头看手机。列车还有四分钟进站，她也掏出手机。

又来不少条微信信息。二姐的信息占了绝大多数。文字加语音。文字信息连起来看像首诗，短句、分行、感叹号。

我刚听

大哥电话

说让你

回来！

你就

回来吧！

我知道你

心里那个结

解不开！

可是啊！

这么多年了

每年春节

都少你

咱爸心里

非常难受！

接着，二姐的语音开始了，完全不是打字的风格，每段都撑到半分钟以上。说来说去，基本上就是文字已经表达的意思。

她从心里感激二姐，二姐为她放弃学业，初中毕业就去食品加工厂工作。每年，她给二姐和外甥女寄过年礼物。视频时，看到她们穿着她买的新衣服，她心里格外踏实。

可今天的事情，她还没有想好，就没回信息。收起手机，微微仰起头，列车进站带来的风里，有都市独特的气息，浓厚、胶着、机械。平时，她几乎已经闻不出来了，今晚，脑子里有了故乡影像，那些气息猛地钻了出来。

车厢里，旁边站着的女孩正在刷雪景图。图景纯洁得像童话世界。而她最清楚，厚重的层层白雪下面，生活也承受着重压。她移开目光，车厢的广告屏里正放着保险公司的养老广告，演员们个个鹤发童颜、精神矍铄，给人的感觉是：进养老院像进游乐园。真是这样的话，父亲也就好了。

那年春节，她拖着行李箱回到花园西路 19 号，开门的是一个高高胖胖、带着微笑的老太。这是她第一次见到冯姨。父亲简单介绍后，她俩除了互相问了好，再没多余的话。她跑到二姐家，劈头盖脸指责二姐。

"家里多了个人，你们也不跟我说？"

二姐用大拇指往外别："是老头子不让我们说的。"

"现在情况进展到哪一步了？"

"在一起了。"

"我说法律上。"

二姐把手上的湿面粉甩掉，拎起擀面杖："我懒得问。"

她让二姐夫去买瓶烧酒，吃晚饭时，跟二姐夫喝完一瓶"高度"。

走在雪地里，她张开双手，从肚子里涌上来的热，把手烧得通红。她变得无所顾忌。闯进花园西路 19 号，她大喊大叫。但是，自己的声音却像远处森林里的狼嚎，听不到具体的内容，只感觉孤寂、凄凉、悲惨。房间里所有亮的东西，都散发出巨大光晕；所有阴暗的角落，都藏着巨大猛兽。有时，人影在她头上晃动；有时，尖叫在她体内滚动；有时，吊灯在她脚下移动。

她醒来时，屋里静悄悄的。她什么都不记得，感到头痛、嘴干。父亲孤零零地坐在墙角的小板凳上。边上是一大堆被砸碎的东西。

父亲对她说："冯姨走了。"

她一边喝着小米粥，一边心里堵得慌。憋到最后，冒出一句话："我回去了。"

父亲静静地看她收拾行李。窗外还在纷纷扬扬地飘雪。把行李箱拖出大门时，她回看了一眼屋内。父亲靠着的那个墙角，是母亲倒下的地方。她眼前闪过二姐向她描述的最痛心的一幕。喝醉的父亲猛地一推阻挡他拿酒的母亲。弱小的母亲头部接连在墙和墙角碰撞两次，人像一只空布袋，软软地瘫倒在地。

地铁到站。她迈上自动扶梯，迎面下来的人流里，有位妇女特别像冯姨，她的视线跟着她好长一会儿，侧面、背影都像，虽然她跟冯姨只是短暂接触，但是冯姨的样子像根铁钉牢牢在她心里扎根，生了锈。

回都市不久，大哥、二姐分别给她打电话，说冯姨又回来了，过程他们不清楚，只知道跟父亲领了证。又过了几个月，他们又告诉她，冯姨的儿子一家也搬了进去，占据了她的卧室和小书房。过了几年，趁父亲八十大寿的机会，他们好说歹说拉她进了"花园西路 19 号"微信群。这个群里，一大半是冯姨的亲属。她只说过一句祝父亲长寿快乐。冯姨好多次要求加她微信，她都没有理睬。冯姨给她发很长的短信，她甚至看都不看就删除。

电梯上的最后一眼，她清晰地看到那位妇女脑后飘起一缕白发。她不禁想了一下冯姨的岁数，应该过七十了吧。二姐其实很想跟她说冯姨的事情，估计是冯姨去二姐那里倒的苦水，但是每提到这个话题，她都严厉制止二姐。每个老人都有写成长篇小说的素材，没什么奇怪的。

刷支付宝出地铁闸口，陈坚来了电话。心急火燎。

"你在哪儿啦？"

"刚出地铁。"

"儿子发高烧，我送他去儿童医院！你快来吧。"

她三步并作两步冲出地铁，招手叫车，着急慌忙中，装茴香菜的塑料袋被栏杆刮破了，茴香菜掉出一把。她来不及捡回，只是隔着车窗看到茴香菜正在寒风里瑟瑟发抖。

出租车空调很热，司机只穿了件格子衬衫，可她的手还是冰冷。每个路口，只要是红灯，她都暗地里抱怨司机耽搁时间。她用尖尖的指甲划手心，疼痛分散了些许焦虑。

儿子输上液，夜已经很深了。她用手轻轻按摩着他的手背，药水经过的部位冰冷。此刻，她才感觉到很累，松弛下来的头，往前一冲，人一激灵。遥远的北方，谁在守护着病重的父亲？低头看看儿子，若干年后，儿子会怎样对待她和陈坚呢？

父亲曾驮着发高烧的她，在雪地里飞奔几里路去县医院，他喘着粗气，像一头负重的老黄牛。北风呼啸声再大，也盖不住父亲从肺腑发出的声音。

她看着儿子，想到父亲，两行热泪掉落在儿子的手臂上。她连忙用纸巾擦掉，仰起头对陈坚轻声说："春节，我们就不去海南了吧！"

陈坚若有所思，却又答非所问："啊！立春了。春暖花开啦！"

——立春——

| 春天开始了

　　虽然在气候意义上，春天到来的标志应该是春分，可我们常常把立春作为春天的开始。除了古代农时约定，还有人们的心理因素。在严冬里窝久了，盼望春天，盼望一个崭新的开始，是中国人特有的情感。

　　立春常常在春节前后。城市中很多人在这个时间段返乡，又回城。生活在城市久了，会产生倦怠，回到老家，可以慰藉心灵。不过，所谓"万家灯火万家事"，回到家乡，大家庭团聚，平日里潜藏的家庭琐事、情感羁绊、矛盾纠葛，即刻跳出来，在人们心中多多少少留下阴影。于是，"立春"好过"春节"。立春只管许下形而上的美好愿望；春节却要落在每个人的行程表上：怎么过？

　　有人索性选择逃避，就像《立春》里的"她"。她与父亲很久没见了，立春那天，大哥告诉她父亲病重，让她回去见最后一面。去还是不去？或许在现实生活中，极少有人选择后者，但文学作品就是要抓住极端例子。开始时，"不回去"的念头牢牢占领她的脑海。渐渐地，温暖的回忆、痛苦的回忆交错闪现，她显得踌躇不定。最后，儿子突发高烧，她内心的紧张、慌乱和恐惧提醒她，亲情出现危机、快要断裂的一瞬间，人最孤独无助，甚至绝望。在奔向医院的路上，她终于释然，父亲生命快要终结，那么，还有什么不能谅解的呢？

其实，立春了，冰雪消融，让我们期待一个新的开始。

雨 水

直到出租车开出一段路，转过弯，他才透过模糊的车窗望了一眼那座高楼。小雨滴密密麻麻地爬在窗玻璃上，高楼上半部隐入云雾里。他回正身子，脑子里也雾气蒙蒙。身旁叠起来的两个纸箱遇到颠簸，朝他倒过来。他左手顶住，没什么分量，顺手一推，箱子复归原位。单位越换越频繁，东西越带越少。本来今天可以去新公司。那边还准备了欢迎宴会，但他不想去，借口整理资料，休息一天。

离开高楼时，总裁站起来带头鼓掌。他不再羞怯，一一与朝夕相处的同事们握手道别。总裁上前跟他紧紧拥抱，拍拍他臂膀："祝你好运，更上层楼！"他表示感谢。他是场面上人，懂得以微笑保持形象。

总裁比他小十岁，留学读书、留洋工作，浑身散发香水味。回国创业，租下高楼第五十八层，除了业务需要外出，二十四小时待在公司里。五十八层几乎每间办公室昼夜灯光不熄。厨师、文员、保洁员都上三班，其他员工是一班到底。

"环球业务，就要做到与世界各地无时差对接。"这是常挂在总裁嘴边的话。

总裁答应他朝九晚五，其实他也很少有准时下班的时候。一天晚上七点，总裁突然对一个数字发火，把所有人集中到大会议室，从上到下骂个遍。他接一个客户电话，处理了一些手头的事情，拎包经过会议室时，大家全都扭头看他。总裁也停止训话，投以冷冷的目光。高速电梯到达一楼时，他发觉自己后背汗湿了。

高楼里，他仅待了十个月，是他从局里辞职出来，工作时间最短的单位。

下雨天路有点堵。他无所谓。他在想，下一站能坐多久？脑子里浮现出来一个不恰当的比喻：头婚维持时间最长，二婚次之，三、四婚依次递减。是不是自己越来越随意了？检讨起来，这是个原因，却不是最重要的，最重要的是自己从局里辞职出来。当时认为自己有技术、有才能，还有点人脉关系，离开体制内单位，闯荡一番，开辟自己的天地，把握很大。他盘算了一下，薪酬将会大幅提升，仅此而已。

雨中有人打伞，有人穿雨披，有人套件带帽卫衣，都是个人感觉使然。这些年，他失去最多的就是"感觉"。

大学毕业后，他就被分配进局。从助工做到正高级工程师，在这个地区，业务上他成为标杆。几个新进大学生窃窃私语时，被他听到了。

"你们知道吗？上午给我们讲课的贺总，是全局技术上的'大神'啊！"

"我也听说了，给他审过的图纸，从没出过错。膜拜啊！"

他喝酒，也抽点烟，不过，新进大学生的话，带来的飘飘然，显然要比烟酒强烈得多、高级得多。

有一次，在全地区技术研讨会上，有个单位汇报得特别差。他不顾副局长在场，一点情面不留地批评汇报人不懂技术，需要好好补课。事后，有人告诉他，原定的汇报人突发脑出血住院，临时找了人汇报。他听后，有点小懊悔。不过，隔一天后，他全都忘了。

二十几年职业生涯中，被他批评过的人如过江之鲫，批评他的人却没几个。名声这个东西就这样，被无聊之人添油加醋，传着传着，大家越看越像。

他试图挽回些什么。批评完人，当晚就推杯换盏，成了兄弟。隔天该骂还是骂。不少人还真挺佩服他直来直去的脾气，更有崇拜者说："英雄气概就是该喝酒时就喝酒，该骂娘时就骂娘。"可心里不舒服的也大有人在。

在局里，他对同事、部下毫不客气，对协作单位更是颐指气使。"你们就是管理差""技术专家严重流失""只盯眼前利益，不规划长远"等意见脱口而出。协作单位大小老板无不对他俯首帖耳；对他的训诫，诚恳接受，称赞他每句话总能点住要害。

做事，干工作，难免出差错。他再怎么牛，也不会像圣人。有一次，他签字通过的新产品投入运行后不久，出了安全事故。虽然没有人身伤亡，但造成了一定的社会影响。于是，有人写信举报他了。

事情总是这样，有人写信，就有人给他透露细节。那些日子，他开始回顾自己的职业生涯，觉得什么都好，什么都顺，是最大的欠缺。也许是以前欠账太多，现在到他一下子还清的时候了。

局里调查组其实也还好，履行程序，找他谈话，深入了解情况。几次三番补充材料，反复核实。他受不了了，一冲动，提出辞职。领导照例挽留，说了不少宽他心的话。

哪知道，辞职传闻就像乘着歌声的翅膀，在局里每个空间飞翔。他每天都会接到好多问询电话。他变得小心，最好的方法就是装傻："我不知道啊！"

一天中午，从食堂出来，碰到领导，领导把他喊到边上：

"我不是跟你说了，那件事不要放在心上，抓工作就会有得罪人的时候！工作失误不代表个人有问题啊！你怎么还是想走呢？"领导的话，让他无法回答。同时，心里那架天平倒向了"辞职"一边。他客气地打电话给联系紧密的协作单位的老板们，不经意间透露出某种意向。几乎每个老板都盛情邀他加盟，有的甚至还提出让股份，共同发展企业。

他又有了错觉，认为掌握住了主动权。先圈大名单，再定小名单，最后剩下两家单位。一家技术是全新的，要去研发；另一家的技术是传统型的，要靠市场推动。他最终选择研发技术那家单位。

后来，他反思，其实去哪家都一样，都逃不出风光进入、狼狈出局的命运。只有不离开最初的单位，才能顺利做到退休。如果时间能倒流，他会选择留下吗？这些年，他反复问过自己。今天，细雨蒙蒙中，心里又冒出这个问题。"不不不！"他暗自摇头，摆脱于抉择想法的念头。

离开局里去的第一家公司，是个家族企业，老爷子打天下赚了第一桶金，技术含量不高。少掌门接手后，致力于把企业带上高科技发展轨道。少掌门曾频繁地问计于还在局里掌管业务的他。

"贺总，我们公司就缺少你这样有远见，又懂业务和管理的人才。"少掌柜说话脸上常带微笑，与不苟言笑的老爷子相反。

他选择少掌柜，觉得把握相对比较大，后来才明白这完全是看问题的视角导致的偏差。出了"局"，他变得"什么都不是"。

"好啊好啊！热烈欢迎！"

他记得很清楚少掌柜接到他想投奔的电话，以欣喜的语调大声欢迎他。这也是他最后一次试探少掌柜。如果得到的回答，确定程度不高，哪怕回应时间慢几拍，他都会掉转心思。

不仅如此，少掌柜还在股份、房产等方面给予他企业负责人待遇。当一个人坐在宽敞的办公室里，面对眼前漂亮的草坪、树林和湖泊发呆几天，几乎没一件工作或任务后，他坐不住了。跑去少掌柜办公室主动请缨。

"贺总，您刚来，看看资料，熟悉环境和人员再说。"少掌柜调正暗红色领带，脖子往上仰。

"我适应得差不多了，看是不是让我带个团队，进行新品研发？"他没穿西服，只能把夹克衫的拉链捋捋直。

"好吧好吧，今晚先陪我去吃个饭吧。"少掌柜做了个挥手动作。

他感觉不好起来。果然，晚上少掌柜请的客人竟然是局里接替他工作的人。他硬着头皮笑着把场面撑下来，回到家吐得连绿色胆汁都出来了。他没有喝多少，就是恶心，那一张张笑脸每闪过脑际一次，就要吐一次。

他想还是得"忍"吧，新环境总是这样耐人寻味，再说这二十几年，自己任性顺心惯了，也得吃点"苦"。

逆旅还在进行，一段时间下来，当初承诺的条件几乎都没落实，问人力资源、总裁办等部门，都不清楚。有一次，财务退了他报销的飞机票据。他闯进少掌柜办公室。"连机票都不给报，让我怎么好好工作。"他把报销单扔到宽大的办公桌上。

"别急，请坐，我看看。贺总，这个票是有问题啊，规定我们都只能坐商务舱，而您坐了头等舱啊。"少掌柜用手点点票据。"波音 737 就前面几排位置，既能算商务舱也能说头等舱，况且两者价格相同，我买的时候，显示商务舱没了……"他想说明理由，但话说出口，觉得自己也在退缩。少掌柜的眼神分明在鼓励他：说啊！看你还有什么说辞。他轻轻拿起报销单，当着少掌柜的面，轻轻撕成碎片。

直到他离开公司，少掌柜都没要求他做一件实事，也没有安排他一项具体任务，天南海北倒是"调研"了好多次。刚开始他还纳闷，少掌柜并不想用他，当初却答应得很爽快。后来经历了几家公司后，他逐渐明白。"少掌柜们"只是嘴上落个热情，待遇福利其实并不想到位，他最重要的作用，或许就是吐出胆汁的陪餐。他陪出了"少掌柜们"的"义气"。

马路两侧，高大梧桐树虽然还没报春芽，但是雨雾里给他的感觉，春天马上就要来了。他或许能有一个全新的开始。他也不是没有动过"自己做老板"这个想法。阻碍实施最重要的是，他还是拉不下这个脸。

"少掌柜们"没有把他当作原来的他，却也没有让他去做低头看脸色的事情。一旦自己公司开张，他必须跳到第一线，求人的事情就会层出不穷。他简直不敢往下想。

马上要去的新单位，他索性什么都不转过去，以一个高级"临时工"的姿态去做，或许会好很多，至少原先过高的期望值远远降低了。他最近迷上了打高尔夫，白色小球在蓝天下穿越，在绿草中穿行。他走在柔软草皮上，听着风声鸟鸣，渐渐感悟到自己"搏命"岁月已近尾声，该把生活重点放在蓝天白云下、绿水青山间了。

出租车在一个红灯前停住。一群骑电瓶车的穿黄色、绿色、红色雨衣的快递小哥们停在车边。他想起一个事情。还没辞职时，一次，他请一位同学喝酒，同学搞金融弄出了大名堂，他想取取经。酒后，同学让饭店找代驾。代驾来了，同学立刻上去握手，谈笑风生，上车绝尘而去。他看傻了。隔天打电话给同学，同学说那个代驾也是做金融出身，政策宽松时，猛加杠杆，结果一家一档全赔进去了。

　　绿灯亮起。那些小哥们快速加油门，向前奔跑。出租车起步显得迟钝，心里有个声音在问："如果再这么下去，我也有可能做代驾或者快递工作吧？"他一愣，随即，昂起头，简洁地回答："不可能！"

　　春天快来了，一切都会变得好起来。

——雨水——

| 你想过换一种生活方式吗？

去年，一位朋友从体制内单位辞职，自谋职业。这事引发朋友圈热议。辞职再就业本身不是大事，关键是他已经五十出头，职位也不低，大家都觉得犯不着，再大的委屈，忍个几年自然也就解脱了。我忽然想起几年前河南一位女教师的辞职信，只有短短的十个字："世界那么大，我想去看看。"还有，我刚参加工作的时候，一位老师傅告诉我，选择了当下的职业，一生就像一条笔直马路，虽然路途坦荡，却一眼望得到尽头。

"你也不是犯了错误，也不是群众关系搞得差，为什么下决心出来？"找个机会，我俩一起喝茶的时候，我问他。他的回答，正好是那位老师傅说话的延伸："一下子碌碌无为地快走到退休边缘了，我想换种生活方式。"他笑着告诉我，辞职后，先什么都不做，写一部长篇小说。那部小说的灵感来自他最火红岁月的记忆。此后一个阶段，我一直在想，角色的转变真的很难吗？真的要靠外力无情地推动吗？难道就不能自我寻找最适合的生活方式？身边这么多人，似乎都在"熬日子"，说到底，就是不想去改变现状。

奥斯卡最佳纪录片《徒手攀岩》导演金国威，去年拍摄了《泰国洞穴救援》，让洞穴潜水这项极偏门的运动一下子出了名。

世界顶尖洞穴潜水高手带着一个少年足球队的孩子们全部逃出生天。参与救援的高手微笑着说："我要回到穴居人的时代。"片中有个细节，令我印象深刻。能见度几乎为零的洞穴水中，导航靠一条固定在洞壁上的绳索。突然，这根生命之绳从潜水员手中弹开，再也摸不到了。那一刻，他内心恐惧，可没慌乱，依照以往丰富的经验拉住一根电缆，在静默无声中，抓住了生的希望。后来接受采访时，他并没有后悔选择了这样高危的运动，而是说："我找到了这种超然感的用途和目的，你能利用它来做好事。"

　　受生活中各种事例影响，我写了《雨水》。一位中年人从国企辞职到私企工作，经历了角色转换、环境适应、舆论应对，等等。他觉得，除了权力、金钱之外，还有更令他向往的东西。于是，在困境中，发出了"换一种生活方式也不错"的感慨。他想"把生活重点放在蓝天白云下、绿水青山间"，还期待着"春天快来了，一切都会变得好起来"。

惊 蛰

时间一分一秒过去。他抬头看看，天色正暗下来。坐在人行道板上，点燃一支烟，猛吸一口，剧烈的咳嗽声被围墙反弹回来。

不要下雨啊！他默默祈愿。

电话响了。他急切地掏手机，带出来裤兜里一些零钱和纸片。看到号码，他顿时泄气。

"老板！"

"怎么还没来上班？"

"我……有点事情，嗯，身体不舒服。"

"到底怎么回事？"

"请假！我请假一天。"

"原因不明，不能算病假！算事假已经很对得起你了。

下次再发生，就不用来上班了！"

工作是一个螺蛳一个壳，他很感激老板，但这当口，谢字却怎么也说不出口。他默默地听着对方把电话掐断。

这是进城后第几个工作，他已经糊涂了。刚开始，他跟三叔在工地上做泥瓦匠。接着，凭借高中学的物理知识，当上了电工。一年到头，除了可怜的生活费，多了的只是手上那一叠老板打的白条。三叔得了没力气的毛病，只能回老家。临走时，把自己攒的白条也给了他。直到高楼矗立起来，白条才兑到一小部分人民币。他把大多数钱汇给三叔，离开工地。在餐厅，他做洗碗工、切配工、服务员，就差当厨师了。工资倒是不拖欠了，但整天在狭小的、充满油腻味的空间里挤来挤去，心里烦闷。外卖小哥来餐厅取餐时，有时会跟他聊几句。他羡慕他们的黝黑皮肤、整齐制服，还有身上那股风霜气息。他离开餐厅直接找到外卖公司，穿上了黄澄澄的制服。他去工作过的餐厅等餐，经理好几次都没认出他来。他一声不吭，快速抢单，准时送达。

那天小雨路滑，他开电瓶车有点急，转弯时猛地发现一位老太正横穿马路，他双手猛捏刹车，车、人、餐盒全翻倒在地。客人对他迟送餐提出投诉。他被扣钱，又被作为反面典型批评。晚上，他吃着中午捡起来的饭菜，揉着红肿的膝盖，连没有受伤的左腿、腰背都钻心疼痛。他撑伞去扔垃圾。用力关了三次，才把出租屋门关上。垃圾桶在肮脏的小河边，棚户区的路逼仄难行。垃圾桶边污物成堆、污水肆流，他掩鼻扔出垃圾。垃圾砸出了声音，他愣了一会儿，那包垃圾窸窸窣窣动了，他不禁往后退了几步。一只小狗脑袋顶起垃圾袋，两只小耳朵耷拉着，圆圆的眼睛直直地看着他。他松了口气，准备往回走。小狗对他"哦哦哦"叫几声。他解开垃圾袋，喂它剩饭剩菜。显然，这些食物太少。他摸着小狗脑袋，下不了把它带回去的决心。

他给自己一段时间考虑。连续五天，扔垃圾都碰到它，就养它。前四天，小狗只要一听他喊"丢丢"马上蹒跚地走到他脚边，舔鞋子、咬裤腿。他嘴上说着"别别别"，心里却暖暖的。之前，工地上有个老电工，把女儿喊到城里来，帮着工地烧菜煮饭。姑娘给他打的饭菜比别人多。他看她，脸上有片红晕。回到狭小的出租屋，他语言功能关闭，有时整整十几小时沉默。他知道姑娘的小名，烦闷时，对着粗粝简易的墙板轻轻喊喊。隔壁是一对摊鸡蛋饼的夫妻。大家耳朵都灵得很。四天下来，他对丢丢已非常熟悉。全身黄毛，胸口一小片白毛。小尾巴高高竖起，每次看见他，都摇来摇去。

第五天傍晚，他拿回单位的大纸板箱，将它改造成一个狗窝，垫了好几层报纸和棉布。在超市，他给自己买了方便面，给丢丢买了幼犬狗粮。家里只有两个碗，他打算，大碗泡面吃，小碗盛狗粮。临出门，他想了想，在口袋里装上一把狗粮，兴冲冲地来到垃圾桶边。他喊了十分钟，丢丢没出现。汗接连不断冒出来。黄澄澄的衣服穿不住了。

他问一位拿着垃圾袋的大爷，大爷虚指远处的车行。车行的两个小徒弟正蹲着逗小狗玩，见他要抱狗，很气愤。争吵间，老板端着饭碗走出来。

"凭什么说是你的狗？"

他蹲下来，手里暗暗捏了几粒狗粮。大声喊道："丢丢！丢丢！快来。"

丢丢猛地挣脱小徒弟的手，一颠一颠地向他跑来。那段距离只有一米多，当时他的心跳速率超过了一百。

"最爱毛孩子"群里新消息提醒声接二连三地响起。他翻看那些热心"狗友"提供的线索，边看边摇头。"西环高架桥下有一只戴口水巾的狗狗，像丢丢！""刚才在海城农贸市场门口看到一只与丢丢差不多的，它尾巴是不是很短？""火速！大全超市旁边一条狐狸狗已经转悠好长时间了，赶紧找主人！"

他手里拿着丢丢平日里最喜欢吃的小零食胡萝卜，沿着日常一起散步的路线一圈圈扩大范围。似乎，他听到远

处天边传来几声雷鸣，看看天，还不至于下雨。他加快了
步伐。

怪就怪今天一早房东来催租，隔壁的门被擂得震天响。
丢丢叫了几声，被他喝住了。房东进他屋里坐坐，还逗丢
丢玩玩。他知道摊鸡蛋饼的夫妻在屋里，可他说不清楚，
自己很晚才回来，刚起床。隔壁房间突然发出一点声音，
他连忙大声与房东海阔天空聊天。丢丢就是在这十几分钟
内溜出去的。

他刚开始怪房东，怪隔壁摊鸡蛋饼的夫妻，可走着走着，
却怪起自己来。

三叔身体有所好转，专门来看过他一次。他买了卤菜
和啤酒，与三叔在出租屋吃喝聊天。

"送外卖这么辛苦，你怎么还养狗了呢？"

"有时间的，外卖早餐比较少。"

"你就不该养狗！"

"叔，它是我朋友。"他摸着丢丢的下巴，那里有块肥
嘟嘟的肌肉，一碰，丢丢就张开嘴笑。

三叔叹了口气。

五天后，他把三叔送到公交车站台。丢丢坐在那里一
动不动，汽车开出老远，它还不愿回家。三年间，三叔是
唯一来过的客人。

三叔走后，他一阵惬意。生活又回到轨道上来了。

出租屋草草铺了地砖，没有卫生间。他却跟城里人一样养丢丢：棉布窝，夏天铺上凉席；喝水用开水；隔一周给它洗澡。丢丢大小便从不拉在屋里，主人回来再晚，它也憋着，雄赳赳地等陪他散步的时刻到来。

他没钱，却得到房东夫妻赞扬。从不拖欠房租，屋里简单干净。他们也喜欢上了丢丢，说这张讨喜的笑脸，看着就开心。

他不喜欢玩手机和游戏，晚上累了就歪在床边看丢丢。丢丢的眼睛被整个眼黑撑满，黑里透亮，他在里面找到一个头像，那么小，那么滑稽。他把它抱在身上，抚摸它的头颈、胸口和头顶。它眯起眼，不时舔他手一下，滑腻腻的，很舒服。他闭上眼，闻到野性的气息。

经常去取货的奶茶店来了个眼镜妹，他看看、听听，便知道她来自家乡附近。近来，这个店外卖单一大半被他抢去。

"当心打翻！"

她跟他说得最多的就是这句话，其实奶茶有杯托，她只是习惯性说话，他觉得很特殊。他戴着头盔，穿着制服，骑着改装的大功率电瓶车，在商业区晃悠，找来找去没有合适礼物。

他把心里话说给丢丢听，刚开始它很不在意，老是摇头晃脑的，讲两句塞一两粒狗粮后，它认真起来，不住点头。

"买零钱包？"

点头。

"巧克力？"

点头。

"口红怎样？"

他多给了几粒狗粮，丢丢点头连连。

化妆品小店营业员给他出主意，多买几款流行颜色，这是当下最火爆的姨妈色，还有这个吃土色，那个奶茶色，还有芭比色、豆沙色、珊瑚红等。结果他手里抓了七八管口红，一股脑往眼镜姑娘围裙的大插袋里压进去。害得人家连追问："什么呀什么呀？"

骑在电瓶车上，他还听见脑后叽叽喳喳的欢叫声。他把油门旋到底，"嘀嘀嘀"，按响一串喇叭声。

开局良好，接下来该怎么展开攻势？他还没来得及跟丢丢商量。

午饭早忘记吃了，水也基本没喝。他在乱走。有时一个念头上来，马上去某处看。结果都落空。

他靠在公园一棵树上，拿出一根烟，准备点的时候，"最爱毛孩子"群又有新消息。

"快去阻止啊！北明市场肉摊主准备杀一条狗！"

一张歪歪斜斜还模糊的照片也被贴出来。他一见，就像触电一般，手脚大幅度胡乱动作，往北明市场的方向挣扎着，却各自使劲，动弹不得。调整好气息，他像根箭，"嗖"地射出去。

肉！最终还是坏在肉上面了。丢丢唯一的，也是致命的缺点，贪吃，贪吃肉。他从群里、网上、杂志上，学了不少喂养的诀窍，"幼犬粮与成犬粮分开""三岁之后最好全素""胡萝卜、青菜、白菜等要多吃"。在别人眼里，丢丢是一条普通土狗，只有他懂它那异乎寻常的灵魂。他希望它长寿、健康，陪伴他的日子更长些。

北明市场肉摊两帮人正在对峙，更多是围着的看客。

他分开人群，冲到肉摊前。肉摊主大胡子正在耍一把三角刮刀。刮刀被抛起，落在砧板上的频率两秒钟一次。丢丢呆呆地坐在地上，看着刀起刀落，脖子里扣着一根塑料绳。

"丢丢！"他大叫一声。丢丢向他扑过来，却被绳子生生勒住，前爪都腾了空。

另一条小卷毛狗从柜台内转出，疯狂地对他叫。

他向"最爱毛孩子"群的朋友们拱手作揖感谢。大家没有停止对大胡子屠夫的讨伐。

　　大胡子把刀往下一指，刀尖离丢丢头顶不到三寸，嚷起来的音量传遍大半个市场。

　　"你们再烦，我马上把狗宰了。"

　　他也不敢再往前解丢丢脖子里的绳索。急火慢慢被压下来。

　　"喂！你是狗主人？"刀尖稍稍离开点丢丢。丢丢回头看着他。

　　他连忙说："是的，是的。"

　　"你说怎么办吧？"

　　他茫然环顾四周。一位群友告诉他，丢丢走失后，晃到北明市场门口，跟那条卷毛狗打了起来。卷毛狗逃回摊位，正巧大胡子去上厕所，被丢丢追上咬了几口。卷毛狗蜷缩起来呻吟。丢丢又以胜利者的姿态叼了两条夹心肉吃。大胡子回来套住丢丢。

　　"事情就这么简单，没什么大不了的，大胡子太残忍了！"边上另一位群友愤愤总结。

　　也有帮大胡子的。"别什么都上纲上线。明明是那只草狗不对，咬小狗，又偷吃肉。""如果是流浪狗，杀了也是除了市场的麻烦。""小狗更可怜，你们怎么就视而不见呢？"

　　嘈杂声里，他冷静下来。他走近卷毛狗，小狗叫声逐渐低沉。他顺势摸了摸它，查看几处伤口。抬起头，对大胡子说：“老板，刚才我的狗吃掉的肉和小狗的医疗费用都我来。”

大胡子没吭声。

他估算了一下，打开手机扫描肉摊二维码，转钱过去。扬声器里传来：“微信到账一千元。”

一帮人皱眉说太多了。另一帮人说现在宠物医院太贵，这点钱打不住。

他没理会，解开绑在栏杆上的塑料绳另一端，牵起丢丢就走。

没走几步，被大胡子喝住。

“谁要你的医疗费？我要让你的狗也留下伤！”大胡子扬着手里的尖刀。

他顿了顿，随即转身，躬身往前一蹿，夺下大胡子手里的刀，“唰”地往自己大腿上扎进去。

丢丢拖着他往前挪动的时候，人们自觉地分出一条路。

他正轻松地走在回家的路上。

——惊蛰——

| 喧嚣城市孤独人

城市越精彩，人们越寂寞。大家似乎都有这样的体验，欢歌笑语、觥筹交错之后，便是一段长长的难挨的静默。既然人无时无刻不能停止思考，那么在静默中思考，大多数会让人恐惧不安。对宇宙的不可知，对生活的不确定，对人与人之间的忠诚考量等，真是越想越害怕。

于是，对宠物的依赖成为一条缓解精神压力的重要途径。暂且不提宠物的单纯、可爱、忠诚、随性等，只说人对宠物的单向需求，类似于对烟、酒、咖啡等瘾品的依赖，"撸猫撸狗"短时即可获得安慰和满足。上了"宠物瘾"的城市人，把内心深处的痛苦、喜悦和盘托出，他们并不想得到回馈，卸下心头沉重包袱才至关重要。

我家邻居年前吃饭时，粗心地喂给泰迪几根鸡骨头，年初二泰迪因为鸡骨戳穿肠子而亡故。邻居天天自责，半个月瘦了十几斤。一天早晨，她告诉我，昨晚梦见泰迪了，它端正地坐在一位青衣道长身后，道长拂尘一挥，升上天际，泰迪也从容地跟了上去。其实，这是她的意念，希望泰迪在天国幸福快乐。人们常常对着宠物念念有词，传递情感的同时，也希望它们像人类一样思考、行动，恪守最宝贵的优秀品质：善良、勇敢、坚忍、有爱。

　　我们也应该相信：万物皆有灵。你施与宠物的爱，它们也将回赠，有时是加倍的。孤独城市人，与沉默的朋友一起，守护好自己的心灵。

春 分

　　她已经习惯陌生人指指点点了。如果碰到有人嘀咕："喂，快看，女保安呢！"她会自然、自信地转头对人家微笑。

　　问询、检查、登记、放行，这些事情如果换成男保安，进出小区的访客大多不耐烦。而她所在客流最多的西门岗，却非常有序。

　　工作有了成绩，她向保安队长丁威提出一个要求。一身黑色保安服挺神气，可帽子太丑。丁威对她的要求重视得很。按照女警帽样子，买了黑色卷檐帽。四五十个保安中，就一个女保安。这事靠的是她三叔。

　　三叔是物业公司维修组长。干这个之前，他在社会上单干管道工。他曾吹嘘，这个城市最难排的污水管是他接好的，最堵的管道是他疏通的。二十多年，他一直在城市角落、沟渠里摸索，比居民更了解这个城市。他也比其他维修工更会打交道、做沟通。

她记得三叔带她去见物业经理那次，天气开始转冷。三叔手里拎着两挂家里新灌的香肠，用牛皮纸包着，显得原生态。经理五十多岁，烟不离手，眼袋很深，估计酒也少不了。喝酒的一般喜欢两样菜：花生和香肠。三叔了解领导喜好。

经理问三叔："农村刚来的小妇女，能干什么呢？"

三叔回答很巧妙："她在我们那里算是个能人。如果不是因为丈夫突然生病死了，欠债要还，也不会出来做。"

经理兴趣上来了："能在什么地方呢？"

三叔把她拉到办公桌前，示意她自己说。

"我上学时成绩好，但还是把上高中的名额让给了弟弟，我自学了很多课程，平时帮村里写材料、做统计，我写的好几篇文章都被县报刊登。"

经理笑着把烟蒂扔在旧茶叶罐里，然后把盖子捂紧，说道："那你在这里能做点什么呢？不见得一来就让你坐办公室写稿子吧？"

三叔递上一支烟，答道："您说得对，必须从最基层岗位做起。您看她这个形象，当个保安没问题吧？"

经理皱了眉，说："公司保安从来没女的。保安不光守大门，还要值班、巡逻、训练，女的恐怕不合适吧。"

"我没问题的，地里、山头的农活我都扛得下来，还协助村委会维护治安呢。"来的路上，她跟三叔说好，最不愿做清洁工，实在不同意她做保安，跟着三叔做小区维修工作也行。

她没告诉三叔真实想法。丈夫病重后，到北京大医院治疗。她在陪护过程中，外出过几次，看到大马路上指挥交通的女警，英姿飒爽，羡慕得头都不肯扭回原位。

经理答应可以试试的头几天，她差点没撑下来。丁威还算照顾她，只安排上白班，那也得从早上七点做到晚上七点。

这是一个多房型小区，从高层、小高层到多层、别墅都有。进出人员极为庞杂。

第一天，她光盯着不停抬头、低头的黄白色横杆就头晕。随后几天腰酸背痛、腿脚僵硬。但这些都不是最大问题。

问询的人实在太多。开始时，她都保持严谨态度，尽岗位职责，无不认真地回答他们。后来发现，其实好多都是搭讪，有些无聊得很。

丁威也发现这个情况，指示她，非工作问题，不必回答。然而，每个人提的问题，似乎都与保安工作有关。

"十二幢门前路灯不亮了，你通知维修人员来修。"

"小区南门转角消防通道被一辆车占了,让车主移车!"

"地下二层车库有人把电瓶车开进去充电,立刻把电给切了,防止火灾啊!"

"你怎么穿男式保安服,我们业主出钱,换漂亮点的。"

三叔三婶在小区附近租了老新村的一套两室房,腾一间给她住。三婶在小区做保洁工,特别了解住户特点。

"离高层楼里的居民远点,纸盒子、报纸什么的,他们都自己扛着出去卖给废品收购站。连排别墅里的人爽气,天天往门口放这些,有时一天放几次。"

她感觉三婶档次不高,可又不好说什么。不过不久,果然高层楼房出了问题。

那天上午十点,丁威急急忙忙来叫她。

"快,把衣服换了。你!顶她的岗。"

她从更衣室出来,丁威已经在门口换了便装等她,还戴了副墨镜。她刚想问,他严肃地做了个嘘声手势,挥手让她跟着走。

到七幢楼下,丁威示意她挽住他手臂进电梯。电梯里没人,她想松开手,他压低声音对她说:"这是任务。"

她差点笑出来,同时觉得别扭。挽着一个不是很熟的男人,从顶楼三十二层一路逛下来,每层楼稍稍停留观望,再往下走。每家都关着门,碰巧有一两家门开了,丁威瞄一眼也就走了。

　　七幢有三个单元，每个单元每层跑下来，时间过了十二点。

　　物业管理处二楼会议室摆了一大锅饭、一大盘青菜、一大盆老豆腐烧肉，保温桶里是萝卜排骨汤。丁威盛好饭菜，舀了两碗汤。给她的那碗排骨特别多。

　　"刚才累了半天，到底什么情况？"

　　"上午接到七幢好几个居民反映，一个戴眼镜、穿黑色西服、白面书生模样的年轻人敲他们家门，说自己急着上班，忘带钥匙，把自己锁门外了，手机也在里头。请求他们给三四十块钱，他打车去找锁匠来开锁。有些给了钱；有些没给，向我们报告了。我们请示派出所，民警让我们蹲守，抓他个现行。"

　　"真的啊！"她感觉自己眼睛射出光来了。同时，丁威形象也显得高大起来。她不是没感受到来自这个中年男人的关心。一来她来的时间还短，这口饭吃得短长还是个问题；二来城市复杂，主要在人际关系。三婶对她态度就跟刚来时有明显差异。她要是再卷入感情旋涡，花费精力不说，还难以预料结果。

　　"哎呀！"丁威突然喊了一声，吓她一跳。

　　他马上压低声音对她说："我们策略有问题，他今天刚敲了七幢的住户门，我们应该到周边几幢去查。"

果然，下午两点左右，他们检查到九幢二十层的时候，一家门开着，一个穿西服、戴眼镜的小伙子站在门外跟一位老婆婆说着话。他们听到几个关键词后，丁威按下早就准备好的信息发送钮。

他们装得很轻松，跟小伙子一部电梯下楼。电梯运行过程中，她手心出了很多汗，挽住丁威胳膊的手，抓皱了他的衣服。

电梯到一楼，刚打开门，外面等候的四五个保安一哄而上，抓牢小伙子。五分钟后，警车到，民警把人带走。

丁威摘下墨镜。她长舒一口气。

之后一段日子里，常有居民经过她身边时会问："哎！你就是那个化妆成情侣的'女侦查员'吧？"

她有点不好意思，要纠正"情侣"这个词，实在想不出合适说法。最有效的方法就是微笑不说话。

那件事后，丁威跟三叔混得更熟，让她心里有了疑问。三婶最近对三叔的责骂多了起来，原因是晚上经常去喝酒。从三叔解释的话看，没少跟丁威喝。

有意无意地，三叔三婶在饭桌上聊起丁威，口径极为难得地一致：山东人，讲义气，重感情。部队退伍，人品好，素质高。大龄未婚，也就比她小三岁。

　　三婶说着说着把话挑明了。"人家托三叔问你愿不愿意，我看真是不错，换位想想，人家图什么？你年纪不小，老家还有个马上要上学的女儿。"

　　说到女儿，戳到她内心最柔软处。她跟三叔来城里，赚钱还债不假，还有个心思，自己再难也要把女儿弄进城读书。当初被迫放弃上县高中的一幕，她不愿在女儿身上再演。

　　据三叔说，丁威在城里已经买了一套二手房。如果跟他结婚，女儿就不用待在乡下，夏天一过，可以在城里小学入学。

　　现在的状态，凡事考虑，她总是把自己放在比较靠后的位置。她答应三叔，愿意跟丁威相处起来。

　　不料自己表明态度后，丁威反倒对她疏远了。近来，她明显感到，他来的次数少了，每次过来也就扫一眼。平日里总是变着法跟她搭话，现在却竭力避开她投去的目光。是不是发生了什么事情？她暗自思忖。

　　一个阶段下来，她甚至想主动约丁威谈谈。不料，一个令人震惊的消息传来：丁威受重伤住院，生命垂危！

　　忽然之间，她觉得是自己"命"太硬，凡是与她搭界的，都被她"克"得很不好。

　　也不知道三叔怎么在外宣传的，物业经理让她去办公室。

"想必你也听说了。不过，你不要听那些乱七八糟的传言。丁威是下中班的时候，碰到那群醉鬼的。当时那几个醉鬼在马路上缠住一位夜跑的姑娘不放。他上去把醉鬼们推开，让姑娘快跑。姑娘是跑了，可醉鬼们对他下了手，还用石头砸他脑袋。幸亏姑娘打电话报了警，警察赶来把醉鬼们逮住，把他送进了医院。我刚从医院回来，他已经脱离生命危险，只是……"

她急切地问："只是什么？您说啊！"

"只是脑子里有淤血，部位不好，影响了一部分功能。"

"哪些功能呢？"

"主要是语言功能。医生说等他身体恢复点，还要做开颅手术，可这风险比较大。"

三叔让她赶快去医院看丁威。三婶拎着扫帚阻止："他又不是你什么人？去的话，也要跟队里的人一起去。不然人家还认为你跟他有什么特殊关系呢！"

三叔这下嗓门倒大起来了："没有像你这样势利的！"随后从腰包里掏出一叠钱塞到她手里。"去！快去。你去了，我这里就舒服了。"他拍了拍胸脯。

她取了日用品进病房，连续一星期没出来。丁威一天比一天好起来，先是用惊诧目光看她，后来又常常对她温柔地笑。她把手机上关于他的报道读出来，还念读者们的评论、留言。读着读着，她时常哽咽。这个男人真不容易，太不简单了。

时间越长，留在她心里的那个疑团也越增大。一周后，丁威已经能够自己吃饭了。她收拾碗筷去清洗，特意留了一张纸条一支笔在床头柜上。等她回来，她的问题有了答案。

"我答应你之后，你为什么反而对我疏远了？"

"我内疚。因为欺骗了你三叔。我结过婚，又离过婚。有一个儿子，前妻在带，我每隔两周去看望他。当初一个冲动，对你们说了谎，后来想想非常惭愧，实在不敢面对你。对不起！"

风温柔地拂过她脸庞。今天是春分，万物正在春风里生长。丁威脑外科手术很成功，再过一两周，那个生龙活虎的保安队长就要返岗工作了。她闻到了甜蜜的气息。

——春分——

| 你了解城市里普通劳动者吗？

写下这个题目时，我也问了自己，并作出了"不是太了解"的回答。可我想自己会用心去认知这个群体。

物理学认为：世界是基本粒子堆砌出来的聚合体。那么基本粒子有怎么样的运动规则，世界也该遵循这样的规律。事实上，世界并没有这么运行。宏观世界与微观世界怎么会存在这么大的差异？难道是人类的意志和运作改变了宏观世界走向？

现实社会中，花时间、精力去研究普通劳动者，还是研究房市、股市？轻重不言自明。后者带来的实际利益远超前者。但是，古人早就说过："忽见陌头杨柳色，悔教夫婿觅封侯。"物质满足的同时，常常缺失精神慰藉。正所谓：生活在一线城市有优越感，生活在小县城有幸福感。人到底需要哪种感觉？"富翁与渔夫"的故事里，富翁再怎么折腾，最终也想回到海边悠闲地钓鱼。这则寓言故事里唯一让人还能说点别的，就是渔夫代表的普通劳动者，避险、避祸能力差，富翁和渔夫的"钓鱼"内涵不同。可人终究要回归自然，权钱仅是一时之有。渔夫享有的那份内心宁静，不是每个富翁都能拥有。

前阶段，我家搞装修。小区管理严格，这个不行，那样不许。工人与保安从开工到收尾，每天都做着"猫鼠游戏"。数月时间，让我近距离接触了那些普通劳动者，感受到他们的智慧幽默、固执局限。虽然很不够，但是我还是想把一些细节改编成情节，写成小说。《春分》里那些保安们，都有生活原型。我曾在商贸广场里遇到几个年轻人，他们向我打招呼时，我才认出是小区的保安们。脱下制服的他们，身上散发着青春气息和活力，很快融入人群中。平日里，他们在岗时，严肃认真，辨识度高。其中一位年轻人，参与了一桩社区诈骗案的侦察，说起此事，他咧开嘴笑，浑身充满保护居民安全的力量。就像幼儿园来了男老师一样，保安队伍有了女性，更能吸引大家的目光。我在《春分》里设置了一位女保安角色，在希望多出点"戏"的同时，也探讨了这个行当女性参与的可能性，"弊"显而易见，而"利"在哪里？应该是女性的敏锐、细腻和坚韧吧。

　　普通劳动者是写作的富矿。我相信，他们身上展现出来的风貌，构成了社会的基调，更好地发掘、抒写，是作家对社会的责任。

清　明

　　他没有坐车子前排。妻子何慧开车时通过后视镜瞄他，他假装不知道。

　　清明节上午果然下起了雨。

　　上高架匝道时，车道有点堵。何慧轻声说："名医真不容易，节日还加班。"

　　"节日"这词触动了他的神经。那个小小的阑尾炎手术竟成为他人生的转折点。最近那些夜晚，他都在似睡非睡中度过。

　　混沌时刻，他只想滑进梦的深渊，无知无觉，不知过往，不知未来。醒来，什么都没有发生，或者一切已经过去，他仍回到最初的自己。只是，切换时空的开关并不在他手里。在闹钟催促下，他迷蒙地醒来，第一个表情就是苦笑。他又怎能摆脱俗事困扰呢？清晨阴冷，他端着掺半杯牛奶的咖啡，隔窗看门前暴雨中的几棵合欢树和香樟树。它们被风压低枝头，破碎叶片飘零。风过，枝叶恢复原状。他头痛还有点胃痉挛，想服药，又怕影响等会儿的检查。

雨大起来，哗啦啦的声音由车顶倾泻而下。他望着雨中匆忙而过的车辆，突然产生异样的场景感。一颗小小的彗星，孤独旅行，跨越不知多少光年，来到蓝色星球外围。它倦了累了，便一头扎进浓密大气，闪亮地划过天幕，落向人间，几十亿人中，偏偏砸中他。就这样简单，极小概率事件发生了。是幸运还是不幸？他参悟不透。

一年三百六十五天，天天都是纪念日。每个人都在心底最重要的日子上钉上记号。把一年围拢成一个圆圈，就是一只蜷缩的刺猬。

两个月前，他送别伯母。最后一次鞠躬毕，经过表哥身边，表哥正与国外赶来的亲戚怀旧："妈妈就是喜欢自己做衣裳，还自己设计，都是色彩鲜艳的，挂满整整两大橱。她真是乐观啊。"猛地，粉墙黛瓦庭院、中式家具、广漆地板、彩色鹅卵石地面等在他眼前闪现。一会儿，画面全都卷过去了。

阑尾炎开刀的时候，表哥来看望他，希望他回家族企业做总经理。以前，伯父、父亲也多次让他从国企辞职回来做事，他却一直坚持自己的选择。

"家里老人们都走了啊！"

表哥的这句话深深打动了他。他五十岁了。国企系统运作复杂、事务繁杂，他明显感觉精力、体力大不如前，反应迟钝起来。他管理的部门因为年度业绩排名未进行业前三，倍受领导指责。员工年终绩效奖受损，对他意见也很大。这么多年来，他第一次产生"干不动"的感慨。

何慧给他办了张健身房年卡，督促他去锻炼。也许是憋了一口气的原因，一连半个月，他天天去练。腹部有点隐痛时，他以为是练习的结果。最后一天，他痛得在动感单车上蜷缩成一团，被送进医院。

止痛、消炎后，医生说要动个小手术。他与何慧都认为是小事情。痛感减轻不少时，术前体检却查出了麻烦。

医生反复查看那张图像，时间已经很长了，超过正常诊断范畴。他预感有特殊事情要发生。外面排队等候的患者已不耐烦，护士努力维持秩序。医生不停地用术语与助手交谈，助手敲打键盘的声音格外响亮。每一下都敲得他感觉血在往脑子里冲。一切都慢得不能再慢。他不愿再受煎熬，也不能再沉默，被动地等待判决。但是一开口，就暴露了怯弱："医生，是不是问题很严重？"

医生冷静的职业语调，加重了他的不安和焦虑。"现在真不好说，需要做进一步检查。"她推荐了一位名医，"程主任看肾脏片子全国数一数二，你可以挂他的专家号。"

空荡的病房，与离开前相比并没有什么改变，改变的只是检查回来的他。他有了错觉，难道痛的不是阑尾，而是要命的右肾？"为什么是我？"现实一下子黯淡下来。怎么来得这么快？他都没有一点准备。他试图理清思路，但似乎一切正在离他远去，最可笑的是，他才与何慧商量好，动完阑尾手术就递交辞职报告，到表哥任董事长的家族经贸公司任职。电话里，他已经向表哥表达了一些工作设想。而现在，那些东西都显得如此不重要。对于小小个体来说，没有比存在更要紧的了。

屋里静寂无声，一个多小时，他动都没动一下。不知什么时候飞进来一只小虫，它兴致勃勃地高频率振动翅膀，到处乱撞。他站起身，静静地看着那只小虫子。这么多小飞虫当中，只有它钻进他的病房。与彗星一样，都是小概率事件。他轻轻移开纱窗，推开玻璃窗，阳光和冷湿空气一同侵入。小虫子急忙在空中掉转身子，迎着亮光，扑向窗外。他给了小虫子一条生路，希望也给自己找一条出路。

医院停车场里车子早就满了，车子只能在进口栏杆前等候。程主任网上的号，每天零时过零点几秒，就会全被抢完。何慧发动亲戚、朋友和同事几十号人抢了一周，毫无所获。表哥找了朋友，加到了清明节早上的号。

"你肯定没事的，我有强烈预感。"做新闻工作的何慧，性格爽朗、行动迅捷。一辆车从里面出来，栏杆抬起放行。何慧一脚油门，车子进入明暗交织的地下车库。

这个医院改建了很多次，红砖楼、板式房、高层综合楼交错在一起，看起来像外科手术后，装上假肢的病人。他曾在这里看护、守候病人，更送别父母、伯伯和伯母。他撑伞，与何慧一起默默在建筑群中穿行。他知道眼前的白色板式房，是临终关爱病房。进来之后，病人只有一个归宿。

虽然病人都由护士叫号，可程主任诊室门口的蓝色塑料排椅上还是坐满了人。他旁边坐着一个瘦弱的中年妇女。"你来检查？哦，我也是来检查的……你这个没问题的，我呢，有点麻烦的。"她一副睡不醒的样子，眼泡红肿，颧骨嶙峋，一大沓报告单参差不齐。他想谢谢她的安慰，却不知道她依据何在。

"还坐着干吗呀？到你了！"何慧大步走过来，急急地从椅子里一把拉起他。他瞬间闻到了福尔马林的味道，那是与死亡相关味道。人就是这么奇怪：寄存在时间和空间里，时空位移，唯有情感牵着敏感神经走。走廊那一端，传来绝望哭声，一个胖胖的老妇人拿到了"判决书"，哭瘫在地。

每时每刻，大家都在过坎。他把片子递给程主任。程主任在片子上扫了两眼，用了不到五秒钟。

"片子显示不清，重做一次。"

他怎么也没料到顶级专家说这样的话，一时呆坐在那里没动。何慧在边上捅捅他。程主任快速地给他开好检查单。

他又仰面躺下。下雨前只喝了点牛奶咖啡，上腹却仍饱胀。事情就是这样，既有好的一面，也有不好的一面。他保守，喜欢下明晰结论：丁是丁，卯是卯。一旦悬在半空，他便会尽力使其落地。这似乎也是他越来越不适应"乡愿之风"的根本原因。他被排挤、被迫做选择题。而现在，"显示不清"代表什么？躺在巨大仪器下面，什么前途、什么富贵，都被一个实在声音代替：活下去。

巨大仪器发出细微的吱吱声，身体被无形射线钻透，反复搜索。如果没有问题，该是一扫而过啊。但是扫描时间再次很长，吱吱声正一点点重新摧毁他自强自励建立起来的信念。承受的极限快到了！他脑子里产生了幻觉：自己一直这样躺下去，而里面的医生乱作一团，这是怎样的一个病人？颠覆他们的行医理念。这是乐观的、喜剧的。但回到实际，最有可能，很不幸，还是有了麻烦，简单地通过监视器，就能明显查找到致命病灶，医生戴上老花镜，仔细察看监视器，摇摇头。他心里也在摇头。"嗖"地，电子文档已经发送到程主任电脑里。他整理好衣服，郑重其事地梳了一下头，准备迎接程主任的第二句话。

太阳出来了，阳光射进走廊，靠窗的塑料椅子空了几个。那个瘦弱的中年妇女正在吃包子，一口咬下去，肉汁淌出来，滴在棕色皮鞋的配饰扣上。"程主任上午的号结束了，下午一点继续。"她语调老练又无奈。

雨后，香樟树叶纷纷掉下。何慧去单位加班，他一个人走上街道。天空、街道、树木、行人，昨天与今天没有多少分别。他眼里却蒙上了一层灰色。还有一个多小时，才能得知判决结果。做个游戏吧。他开始数一条街的香樟树数量，单数不吉利，双数安然无恙。一个红灯到了，单数。不算，要整条街。整条街结束了，单数。不算，不算！脑子里出现一个词：厌倦。

他重新站到医院走廊里，靠在顶头窗户边。远方乌云散开，近处杂树繁花。医院中央花园的景色无人有心情欣赏，救护车此起彼伏的笛声刺激着神经。他无法控制自己不去想死亡。一个好端端的人一下子便走到人生边上，有点不可思议，这是个体的想法。换个视角，大众似乎不难接受这样的现实。在这个社会里，每个人都得经受得住最离奇的现实。生活如果一直在犹豫，生命就会把你一带而过。

他坐回蓝色塑料椅。午间，大家都在休息。他清晰地听见了心跳，开始很快，转而缓慢，极慢。电影般放映"我的一生"。说多漫长就有多漫长，一个镜头就能回味良久。说多短暂也就在转念之间，"唰"地过去了。"唉！"他叹了口气。还有这么多想法没有实施，还有很多事情没有做。

十二点三刻，他加入复诊病人队伍。那个瘦弱的中年妇女排第六个，他排在她前面。大家拿着各色资料，仰脖等程主任。

一点整，不差分毫地，程主任挺胸走到诊室门口。

他感觉自己像一发排在后面的子弹，前面的几颗，正在被击发。有的击中靶心，有的离奇脱靶，还有的是臭弹。扳机正有条不紊地被扣动。他反倒静下了心。坐到程主任对面时，保持着微笑。

"没问题。"

他一时没听清："您说什么。"

程主任没废话："你没问题，放心吧。下一个。"

"这，这，我没事啦？"他还是不敢百分百确定。

瘦弱的中年妇女已经站在他身边："程主任说没事就没事！你可真行！我也说过的哟！"

程主任补充一句："谨慎点的话，过半年再来复查。"

他连声谢着，一路跌跌撞撞来到走廊。一个清洁工碰了他一下，他赶紧对人家说："谢谢！谢谢！"

　　他奔到中央花园，站到樱花林边。大朵洁白的樱花上还挂着雨露，在阳光下熠熠生辉。他高声地打电话给何慧、表哥。他们似乎在忙各自的事情，热情地说了好几声"太好了"，再简单问几句就挂了电话。说也奇怪，朋友、同事的来电在这个清明节下午多了起来，开口都说："蛮好蛮好，这下放心了！"好像"我又回来"的信息早已传遍朋友圈。他脸上展露微笑：到了涉及生死的关键时刻，才能辨清真与假。

　　他放下电话，走出医院时，突然发现少打了一个电话，一个打给自己的电话。

——清明——

| 活着是件不容易的事

年纪大起来，碰在一起聊健康似乎是固定模式了。年轻人不会这样，他们的生命之树才展露身姿。

珍惜生命，是人的本能。古往今来，养生健康之法铺天盖地、大相径庭。与之相对应，医术药学各显神通、融会贯通。即便维系健康、呵护身体的方法很多，但生命仍是如此脆弱。对于个体来说，正常走完生命历程，很漫长、煎熬。

托尔斯泰在八十三岁高龄，毅然出走，生命终结于一个名叫阿斯塔波沃的小火车站。冰天雪地里，孤独的老人明知此行会失去健康，甚至生命，为什么还要一意孤行？因为他一直在探索"人为什么活着？怎样才能使人获得幸福"。写完《战争与和平》，他更是不停地追问："既然一切都会死亡，人活着是为了什么？生活如此痛苦无聊，为何不去自杀？"最后，他终于决定摆脱家庭责任，勇敢出走，过一个人的清修生活，遵行信仰指给他的新道路、新生活，却倒在了逃离的路上。

很多年前，我读到阮海彪的《死是容易的》时，深受震撼和感动。阮海彪家境贫寒，又患先天性血友病，住院、输血是生活常态。这本书带有强烈的自传色彩。主人公的生存史，就是与死神的博弈史。他经历了种种的病痛折磨，每当挣扎在生死边缘时，总会产生一种生不如死的念头，而最后终于战胜自己，坚强地活了下来。阮海彪以敏锐的洞察力，深刻表明了"活着是件不容易的事"。我记得他曾经说过："死亡的利剑悬挂在我头上，什么时候掉下来，我自己也不知道。但我很珍惜每一天的生活，尽可能活得有意义。"

生命其实很短暂。庄子说："朝菌不知晦朔，蟪蛄不知春秋。"那是以人的视角看早晨出生不到黑夜就死去的菌类、春生夏死或夏生秋死的寒蝉。那么，以宇宙视角看人的一生，也像朝菌、蟪蛄般短暂，转瞬而逝。

《清明》中的"他"，过着平淡安逸的生活，一次例行体检彻底打破宁静。一个健康上的疑问，关乎生命安危。他被"不幸"砸中的同时，给了小飞虫一条生路，希望也给自己找一条出路。还好，这只是一次"惊吓"。当他回归正常生活，才真正感受到了生命的分量。

谷 雨

她上早班，十二点钟下班。

十二点十分，她脱下制服，换上仅有的酱红色套装。趁大楼各大公司员工吃饭，她踅进卫生间，对着大镜子，匆忙化了妆。

踏进物业专用梯，她遇上两个维修工。他们手拿电线，眼睛直勾勾地朝她看。物业梯速度慢，几乎层层停。虽然约好两点钟，时间足够，但她还是不安。她甚至想到了困在笼子里的动物，生命在逼仄空间里渐渐消亡。不时有"小头目"进电梯，她挤出微笑面对他们。

保洁领班李姐挤进电梯："哦呦，打扮得这么漂亮，是去约会吧？"

狭小电梯里回荡着大家促狭的笑声。

她忍着忍着，露出微笑："你开玩笑啦。我这是去学校开家长会。"

去学校没错，却不是开家长会。她话出口，不禁脸红了。

李姐继续调侃："不问了不问了，下班后，去哪里玩是你的自由。"

她懒得再搭腔，用力搓着拎包的皮带。

终于熬到负一层，她快步走向物业员工通道。通道里风很大，隐隐听见雨声。越往上走，湿气越重。打开伞，她终于呼吸到甜丝丝的气息。接近家乡田野味道，她细细品味着，快步走出高大建筑。

她已经不像刚来这个城市时那样慌张了。从容地看看手表，估摸一下乘坐各类交通工具抵达学校的时间，最后，她望望细雨迷蒙的天空，决定走路去。笃定地走，只需半小时。她的心安稳下来。

街边有家便利店，她买了一碗方便面，泡上开水，拣窗边位置坐下。

大楼内各公司九点上班，物业保洁人员七点到岗。每逢早班，她五点半起床，六点一刻出发前，把女儿早餐准备好，自己拿到什么吃什么，有时干脆不吃。今天她吃了，速冻水饺下多了几个。当然，女儿还有牛奶和鸡蛋。什么都能省，高三学生吃的、用的不能省。

　　方便面香味散发出来，引得一对年轻人也去货架上挑。她苦笑着面对让她反胃的气味。撕开盖子，硬逼着自己把面吃完，汤喝光。

　　其实，当前经济情况正在好转。她没和任何人说。这几年的磨难似乎到了尽头。去年，她在网上经营一个小店，专卖茶叶、水果等家乡特产，生意渐渐有了起色。

　　这是她离婚之后心情最舒畅的阶段，直到前几天女儿班主任给她发来微信。

　　她租住的房子一室一厅。女儿睡觉的时候，她在客厅里找；女儿做作业时，她悄悄在卧室里翻。有几样东西，她觉得可疑，便在饭桌上不经意地问这个、那个哪来的。女儿一下子警觉起来，答道："女同学，好闺蜜送的。""女""闺蜜"都用了加重音。她最想查的是女儿的手机，费尽心机拿到手，怎料密码换了。屏幕弹出警告，再试错一次就要永久锁屏，吓得她连忙扔掉这个"烫山芋"。

　　走出便利店，雨停了。云层里星星点点的光在透出来，挂在树梢上的雨滴明晃晃地刺眼。如果不是女儿的事情，这个下午，她可能会到商场里逛逛，还会转到大型超市，瞄一眼最近毛尖新茶价格，她要保持直销低价。再过几个月，保存好的茶叶还可以销售，那时，主角要换成红心猕猴桃等水果了。

走着走着，天又阴了，她便不去想赚钱的事情了。女儿成绩滑坡，她干什么都失去了意义。

怎么搞的？她在心里反复问自己。想着想着，责怪起自己来。

五年前的离婚是不是草率了点？可她给了他很多次机会，女儿也站在她这一边。他总是赌咒发誓，这是最后一次，一有点钱，却仍然往地下赌场跑，接着又是一轮恶性循环。他嘴甜讨喜，借了她面上亲戚不少钱。离婚后，她默默背起这笔债。有这样的父亲，才是女儿最大的拖累！

她再一转念，联想到早恋上。是不是失去父爱的女儿特别容易被男孩吸引？可女儿哪有时间呢？早上七点去上学，晚自习回到家都要超过九点，还要刷题到凌晨。她陪在边上，不知不觉哈欠连天。

想来想去，问题还是出在手机上。去年春节前，她看新闻，山沟沟里、大漠深处的农产品都通过网络平台销往全国各地。灵机一动，她联系了家乡村委会。村支书积极支持她网络直销家乡土特产的想法，还希望她走山一条带领全村脱贫致富的新路。网络直销靠的是智能手机。最近一个阶段，那些被优质土特产吸引的客户，她从未谋面，却跟她混得烂熟，产品销量自然上去了。为了女儿不受歧视，她狠下心给女儿买了智能手机。她的生日、女儿的生日、她们进城的日子等几个有意义的数字，都曾被女儿用作锁屏密码。密码换了陌生数字，背后肯定大有文章。

她吃苦受气不要紧，只要女儿争气。她长叹一声。这几天她像个间谍，仔细地观察女儿的一举一动。女儿平时很正常的举动，也被她放大，琢磨好久。

她把伞卷紧，放进包里，碰到那包特级毛尖新茶，这是她特意为班主任准备的。班主任微信来了之后，她就联系村支书，快递寄给她一包好茶叶。还有一个多月就要高考了，就算不吃不喝紧盯女儿，估计效果也不会太理想。关键在学校，重点是班主任。一斤牛皮纸包茶叶，就把女儿托付出去，她的脸一下子烫了。

等红灯时，她又把班主任微信调出来。长长的一段，字字句句戳到她心尖上。她后悔没让村支书多寄点来。汽车长龙呼啦呼啦地从她眼前经过，刚来城里，每到这时候，她必须要扶住路灯杆或者栏杆。今天，她又有点晕了。一瞬间，她真想带着女儿随便跳上一辆车，离开繁杂乖戾的城市。

班主任是年轻的历史女教师。高中的历史教研组、地理教研组在一个大办公室，她去过几次。熟门熟路地上三楼，她拐进第一间大办公室。教师们坐在一个个标准隔段里，这时间他们大多在备课。她一眼望见班主任正跟身边坐着

的两个人谈话，一男一女两个中年人。她自觉地离开一段
距离站着，没再靠前。

班主任找家长，基本没什么好事。她记得上次来，班
主任告诉她女儿不太合群，班级的事情不肯积极参与。"成
绩好，也要跟同学们处好关系，不然以后到社会上，很难
适应。"她觉得老师说得对，同时明白，是自己不合群的性
格遗传或者影响了女儿。她不知道如何讲道理，回去就举
李姐的例子给女儿听。李姐同她一起被招进去做保洁工，
干活笨手笨脚，哪样都做不像。可经理来检查，总是李姐
跳出来汇报，其他笨嘴笨舌的人还羡慕她的口才，似乎整
个楼层保持干净、明亮都是她的功劳。几次下来，经理记
住了李姐。很快，李姐当上了领班。女儿听了，鼻子仰起，
朝她喷气。

班主任那边声音大起来。她竖起了耳朵。

"您跟我们说了，我们才重视起来。顺着线索一查，乖
乖！不得了啊。"女人声音尖尖的。班主任提醒她小声点，
不要影响老师们备课。

男人也提醒女人："好好说！别激动，都是为儿子好。"

"我怎么不好好说了！我不是看不起乡下人，可连小女
孩都这么会搞事。我们这个儿子也不知怎么了，被这个小
丫头迷得神志不清了。"女人仍然保持高频声音。

班主任说："我通知你们，不是让你们去抓所谓孩子的把柄，只是提醒你们孩子成绩最近下滑，高考却迫在眉睫。要知道孩子们之间的感情很纯洁，我们不要去伤害，而要引导，方法得当，对学习是有促进作用的。"

"您说得很对，我们也是有文化的人。马上要高考了，内心煎熬的是我们这些家长。我们希望孩子把心思全放在学习上，但是，您看看我儿子在干什么？"女人从包里拿出一样东西扔在班主任办公桌上。

她仰脖张望，隔段挡住视线。

班主任发出疑问："这是怎么回事？"

"这就是两个孩子现在忙碌的事情！那女孩的母亲在做乡村土特产网络直销，销售量并不大。两个孩子商量着要帮忙。喏！我儿子联系了他爸公司里的管理人员，请他们去买女孩母亲直销的产品。"

她头一晕，差点跌倒，幸亏被旁边的办公桌挡住。她之前的判断完全准确，问题就出在女儿的手机上，怪不得最近那些买货的客户既大方又热情。哎！沉默的女儿、倔强的女儿，骨子里完全遗传了她的个性啊！

班主任安慰那对夫妻："你们不要着急。弄清孩子成绩滑坡的原因是件好事，还有时间，我会协调解决好的。我们一起努力！"

班主任站起身，立刻看见了她。她努力挤出微笑，可班主任并没有任何表情，没跟她打招呼。

那对夫妻从她身边经过，女人还在嘀嘀咕咕，男人拍拍女人的肩膀。他们走出办公室。班主任朝她招招手。

"刚才的话，您都听到了吧？"

"嗯，正好听到一些。"

"喏，这就是两个孩子最近一直在忙碌的事情。"

顺着班主任手指，她看到那对夫妻扔在办公桌上的是一个牛皮纸包。特级毛尖！她下意识地摸了下拎包，手触摸到包里的茶叶，才确信那不是从自己包里"飞"出去的茶叶。

"真对不起您，让您操心了。我家的情况，上次也跟您说过。这次我想在网上销售家乡的土特产，既为老家的乡亲，也为自己。如果光靠这一点工资，那些债务永远还不清呢，还会连累孩子。"她说着说着，心里难受，鼻子酸了。

班主任递给她两张餐巾纸，让她坐下："我觉得，孩子帮您拉客户搞营销，说明她是懂事、有想法的好女儿。错就错在时机不对。刚才男孩妈妈说了几句不中听的话，您不要在意，她也急火攻心呢。而且，那么多大公司高管买您的产品，证明不是产品不好，或者不应该买您的东西，而是不能让孩子在最后冲刺的黄金时间里，做与学习无关的事情。"

班主任打开纸袋，一股新茶特有的清香弥漫开来，接着说道："啊！这茶叶品质真好啊！"

她僵硬的脸开始松弛："说到底，还是孩子不懂事。操心我干吗呢？您无论如何要帮帮她啊！"

班主任把长发撩到耳后，正了正无框圆形眼镜："孩子学习好坏，都是综合因素作用的结果，这些因素包括自身、学校、家庭以及社会。中午，我仔细分析了他们最近的成绩。需要大量记忆，花时间反复练习的课目成绩不理想。也就是说，高考前把全部精力都用上，还是有很大希望大幅度提高成绩的。等会儿我找他们聊聊，您晚上也跟孩子说说，其他都回避，就要求当前使百分百的劲复习迎考。"

她嘴上"嗯嗯"地应着，突然想起一些女儿现在看来"不太寻常"的举动。吃饭时，女儿特别关心老家的发展。离开那年，女儿还被抱在怀里。她很高兴地跟女儿说那些山山水水、乡情民风，还有山野里丰富的特产。她见到女儿眼睛亮闪闪的。她泡了一杯毛尖新茶，女儿把鼻子伸到杯口，贪婪地闻着，说了句："啊！满眼都是春天啊！"

班主任也对土特产感兴趣，她们抛开沉重话题，聊着绿水青山，忘了时间。下课铃声响了。她起身告辞，再三感谢班主任。

走到办公室门口，班主任赶上来。

"我有个建议，不知您觉得如何？"

"哪里哪里，我都听您的！"

"您今天就把销售平台关了，等高考后再开！"

她先是一愣，随即点头："您这个主意好！"

跨出办公室，她看见雨丝又飘了起来，不由得停住了脚步。

班主任在她身后补了一句："您放心，我向书记、校长汇报，高考后我们一起帮您做销售！"

她走在细雨中，忘了撑伞，忘了包里的茶叶，满眼全是沾满雨露的嫩绿芽尖。

——谷雨——

｜你了解身边的人吗？

　　每天，我们都会碰到很多人。如果乘坐公共交通工具上下班，那么与我们擦肩而过的人更多。

　　刚来南京，路不熟悉，我总认准一条路走。大家上班时间相差无几，一段时间下来，气宇不凡的谢顶中年男人、走路歪头玩手机的短发女郎、练习倒走的盘钢球老头等等，几乎每天都能遇见。有一次，小巷一拐，抬头撞见中年男人。愣一下，彼此微笑打个招呼。

　　这个瞬间，我一直记得，内心是温暖的。现在走大马路，人杂了很多，再没有固定出现的熟悉面孔。

　　我们几乎无法了解身边每个人。每个人之间的亲疏程度相异，各人又有私人领域，想了解也没那么容易。

　　写作者却不同。了解身边人是一门功课。深入剖析身边一两个典型人物，从他或者她的视角观察自我，会得出令人惊讶的答案。

　　比如《谷雨》女主角，一位清洁女工，如何塑造得"更像她们"？我们身边这样的人很多，可我们不愿花时间与她们聊天。有一次，我主动跟一位清洁女工聊，她内心还是阳光透明、充满喜悦的。可她看待坐办公室的我，却是有很大"偏见"。

她认为我工作稳定、收入不错、家庭幸福，就没什么烦恼了。后来，我想，原本看待她也是如此：工作简单、生活单一，不会有什么烦恼。事实并非如此，她的烦恼一箩筐。每个人都一样，只是烦恼不同而已。

视角，是写作的生命。视角错乱，文章自然好不了。可不了解人物，视角再好也是徒劳。从了解身边人而得来社会经验，弥足珍贵，我要用"蘸白糖"的方式省着点用。

奥

辑二　夏之雨

立 夏

车子开过立交桥，她打方向变道时，瞥见一只橘猫，在高架桥栏上颤巍巍伸出前爪。橘猫浑身毛发像在炸裂，似乎还在凄惨地求助。她心里一阵酸楚，改变路线，绕路重新上桥。地面道路红绿灯多，还总禁左。她担心橘猫往前一跃，被飞驰车子轧到；往后一跳，掉落十几米，摔死在柏油路上。二十分钟后，她减慢车速，绕回原处。一辆抛锚面包车挡住她的视线。橘猫看不见了！超越抛锚车，她心定下来。橘猫还在等她！车辆发出的噪音使它来回不安地走动，不停地用颤抖的哀叫声求救。

她靠边停车。两车间形成一个"真空地带"。脱下黑色风衣，她温柔地喊着："乖乖啊，不要动！"橘猫停下脚步，停止叫唤。她用风衣裹住橘猫，迅速抱起回到车里。开到公司半小时内，橘猫蜷缩在副驾驶位上，一动不动。等红灯时，她转头对它笑笑，说句话。它睁大眼睛静静地看它。

她抱橘猫下车时，儿子胡盛华已经在等候。小伙子戴着橡胶手套接过橘猫。

"老妈啊！又是只橘猫啊？"

"真可怜呢。"她走向三号标准厂房。

胡盛华跟在后面："大伙也可怜呢，你也发点加班费呢！"

她这才想起，还在五一假期内。到这个时候，这个行当最忙。她刚才去酒店大堂看一圈，布置婚礼的员工说天幕上缺了几颗小星星，婚礼台边的小蜡烛少拿了点，香槟酒也忘了。这只是今晚的一档生意。等会儿她还准备跑两个地方，其中一个还在郊区。她让儿子跟几个现场都再次确认，有没有需要她带过去的东西。

三号标准厂房是流浪猫、流浪狗的天堂。几十只猫狗看到她进来，都扑到围栏边，叫着、跳着。她一只只挨个摸着它们的头，任它们舔手。此时，她内心是暖暖的、舒朗的。

她关照儿子："先给它吃点猫粮和水，去兽医那里打预防针，再去宠物店洗澡、剪脚指甲。"

"下午我还有一堆事呢！"胡盛华一边撸着橘猫，一边抱怨。

"行了行了，等会儿我给你带个游戏盲盒回来。"

"两个！"盛华手指做出"V"状，被她一巴掌拍掉。

她听到一个短信声音，没在意。现在的短信几乎都是广告，亲朋好友、客户联系都用微信，紧要的打电话。

三个现场需要补充的物资都装到车上后，她看了一眼时间，快一点了，还没吃午饭。工具箱里翻出两包苏打饼干，和着一瓶矿泉水吞下肚。点火前，她照了一下后视镜。口红没了，脸顿时显得苍老蜡黄。赶紧地，打开化妆盒，东擦擦，西涂涂，最后抿一下嘴。又有当年"点钟王牌"风采了。

她叹口气。手机又响了一下，她打开信息。

"这些年，在追悔莫及中，我一直在努力做事。在今天这个有特殊意义的日子里，再次恳求你的原谅，希望我们重归于好。"

又是胡成！她刚想把短信删除，突然看到"特殊意义"几个字，愣了半天，却想不出特殊在哪里。

车上高架，远远望见庙宇般耸立的火车站，她忽然记起来了。二十年前的今天，也是立夏。一大早起来，她一点胃口都没有，默默打包行李，擦着眼角流下的泪。她不敢去看还在熟睡的儿子，怕吵醒他后走不掉。胡成给她煮了三个鸡蛋带在身边。

胡成说："今天是立夏，每人都要吃蛋。你把我和儿子的一起吃了，南下打工就更加顺利了！"

郊区道路坑坑洼洼，胡成借一辆农用三轮摩托送她到火车站。火车站广场上，六个沾亲带故的女人集合后，一起拖着臃肿的行李走进候车室。她回头望一眼，胡成蹲在车上抽烟，对她挥挥手。她眼泪又下来了。

公公、婆婆相继患重病，胡成和她借债为他们看病，拖了四五年时间，春节前，两个老人相继去世，留下一堆债。按照胡成和她在丝织厂打工的收入，十几年都还不了。清明扫墓时，她遇上南方回来的表姐。表姐不仅打扮靓丽，出手也大方，显得很阔绰。细问之下，表姐在南方大城市足疗店打工，辛苦是辛苦，钱也赚了不少。她心里一动，求表姐带她去开开眼界。表姐说了三点：一要做好吃苦准备；二要耐得住寂寞和诱惑；三要充分相信胡成。

后来的事实表明，表姐要求她的，她全做到了，但胡成却让她失望。

傍晚，连轴转完现场，她在最后一家的郊区篷房婚礼现场坐下来。她对这样的宴席特别熟悉。从小父母带她去吃各家的喜酒、寿酒、丧宴，都在这样的篷房里。她和胡成的婚宴也一样。胡成还是村支书介绍给她的"邻村优秀青年"。优点是脑子好，学什么会什么精什么。缺点只含糊地说有点"争强好胜"。结婚后她才知道,胡成"斗地主""搓麻将"要争第一。

到南方大城市后的第一个电话,她边说边哭,电话那头儿子也在哭闹。两边都是公用电话,都有人在边上劝,越劝哭得越厉害。挂电话的最后一句,她叮嘱胡成千万不能去赌博,带好儿子。

表姐已经是分店经理,可还是亲自培训她。认准人体各个穴位,特别要牢记按摩脚底穴位对应的五脏六腑,以及按摩后的功效。表姐把她介绍给熟客,增加"点钟"量。这只是开始,关键还是靠她自己。每天上午十点上班,晚上十二点下班,全年几乎不休息。春节最忙,吃饭没时间,连睡觉都是随便缩在店里一角,打个盹儿。每个月,她只给自己留一点吃饭钱,其余全寄给胡成。

春节假期,表姐回乡一趟,回来后把她拉到一边。

"亲戚朋友都跟我说,胡成这大半年没有还他们一分钱。"

"他把我挣的钱拿去干吗了?"

表姐做了个捻牌手势:"赌博。"

"我出来时再三关照他不要去打牌,他也跟我保证的。"她脑子里浮现出儿子,"我回去把盛华带过来。"

六个姐妹合租了一套公寓。两间卧室,每间放三张床。一年间,她住的那间,另外两个姐妹都把老公带了过来。

五个人混居一室，上铺的她最孤独。

胡成也从丝织厂辞了职，据称在做皮草批发生意。她挑一年中生意比较清淡的大夏天回去了一次。出来一年多，她什么地方都没去逛过，临行前去了"香港街"，淘了点便宜货背回来。

他们在胡成接她回来的农用车上就大吵起来。

"每个月我都寄这么多钱给你，去掉你和儿子的日常开销，一年多时间，我算算四分之一的债可以还了，可现在呢？还有这么多亲戚朋友让表姐带信，问我讨债。"

"我在做一笔大生意，前期需要投入点。"

"你哪在做生意？明明去赌钱！"

"跟你说了都不懂，生意都像你捏捏脚那么简单啊？"

"我赚辛苦钱，心安理得。你要走旁门邪道，我也管不了这么多。这次回来，我把盛华带过去，钱我也不再寄给你了。以后各过各的，我也不想沾你这个未来大老板的光。"

于是，盛华成了在南方大城市长大的孩子，言行举止渐渐带了浓浓的"港腔"。

她跟胡成的关系不咸不淡地维持着。胡成从来没来过南方，她也很少回家乡。胡成每隔一段日子编个理由要钱，她讨价还价后多少给点，想着毕竟还是夫妻。

十年下来，亲戚朋友那里借的钱，她连本带利全都还清，也接替表姐做了分店经理。她觉得是时候跟胡成离婚了。盛华刚中考完，他完全站在母亲这边。

协议离婚时，她才知道，胡成欠了一屁股赌债。可胡成也爽气，说一人做事一人当，自己还赌债，也没有要求分割她拼死拼活在南方大城市买的那套小房子。就冲这点，后来每次胡成发来短信，她还总是瞄上两眼再删掉。过春节时，拜年祝福短信，她也礼貌地回一下。

表姐十年前杀回马枪到家乡开婚纱店，办婚纱厂。她留心关注表姐事业发展情况。挨到盛华考取北方的大学，她把南方大城市的房子卖了，回来跟表姐合伙开拓婚纱市场。

不久，她们又开拓了婚庆市场，打响"婚庆一条龙服务"的牌子。表姐让她主管婚礼现场这块。大学毕业后，学酒店管理的盛华更加雄心勃勃，说要帮助她们拓展饭店、旅游、餐饮等领域业务。她让盛华先在公司做做，接触市场再说。果然，疫情对她们的生意影响很大，她要求儿子开发一些线上的产品。盛华开发了婚庆网站，通过这个网站，可以实现婚礼所需的网上一次性选购，还能打折。

今天救橘猫前她去的那家酒店，客户从他们网站上订婚宴，不仅可以打折，还每桌送一瓶澳洲红酒。这都是盛华跟酒店谈下的优惠。

眼前的这场婚宴进行到高潮，宾客们掌声雷动，新郎正给新娘戴上婚戒。不知怎么的，越在热闹的场合，她越感觉孤独。此刻，她回想着自己在南方高湿高温的空气下，一个人拖着疲惫的身子，回到属于自己的那张上铺时的情景。通过小小的窗户，她可以望见高楼霓虹、高架车流。丝丝冷气从破旧窗式空调冒出，似乎在警告她，这些不属于她的生活。另外两张床上，躺着两对夫妻，一丝窃笑、一阵低语，都钻进她耳朵。

她走出篷房，往空地上走走。一群狗向婚宴方向飞奔而去。连狗都是结伴而行的。她最怜惜流浪猫，有时觉得自己就是一只孤傲要强的夜猫，在黑暗中悄无声息地寻找出路。

表姐有意无意地向她透露一些信息。胡成在邻市开创了自己的事业，他钻研无公害蔬果养殖，创立了自有品牌。他不再赌博,据说迷上了钓鱼。看着自己的田地、大棚、果树,一坐就是半天。有时钓上很多,有时没一条鱼。不管钓多少,在夕阳余晖下,他都把鱼儿重新放归池塘。他慢悠悠地点根烟,蹒跚着走向一个人的小屋。

她望着不远处公路上不时闪过的汽车灯光,时明时暗,时断时续,内心深处起了微澜。

——立夏——

| 歌声牵引心中所愿

最近，崔健在网上开了直播演唱会。"我要从南走到北，我还要从白走到黑""你问我要去向何方，我指着大海的方向"。熟悉的旋律激荡我内心，简约的歌词句句触动无法远行的我们。我清楚地记得，《新长征路上的摇滚》的卡带红色封面上的崔健，瘦削倔强，侧视前方。年轻的我们也曾围在收录机边上，跟着磁带里沙哑的声音拼命喊："不是我不明白，这世界变化快！"直播演唱会期间，四千四百万听众涌入，我想恐怕中年以上听众居多吧。一晃眼，二十多年就这样过去了。

经典歌曲最能带回渐渐淡去的记忆，比如邓丽君的《漫步人生路》、张国荣的《风继续吹》、梅艳芳的《女人花》、齐秦的《大约在冬季》、王菲那英的《相约一九九八》等等。

最近，我采访了两位中年女性。采访成果部分运用到了《立夏》里。她们一位曾长期在北方浴室打工，另一位常年致力于救助流浪猫狗。问答过程中，有些事情她们记不得具体时间，不过，都会提起当时的流行歌曲。曲名、歌手冒出来，时间也就确定了。她们一个喜欢刘欢，另一个喜欢许巍。

在浴室替女客搓背的她，每天早上八点半上班，晚上十点回出租屋。深夜，躺在狭窄床铺上，她边听"我的心充满惆怅，为那弯弯的月亮，只为那今天的村庄，还唱着过去的歌谣"，边流下思念亲人的热泪。歌声也给她慰藉。打工到疲惫不堪的时候，她默默哼唱《好汉歌》鼓励自己，提振精神。

在路上偶然看到一只流浪猫狗都要停车救助的她，内心一直向往诗和远方。她时不时把"生活不止眼前的苟且，还有诗和远方的田野"挂在嘴上。她事业成功，感情生活却一波三折。或许自己经历了凄风苦雨，更懂得无家可归小动物的可怜。

动笔写《立夏》之前，我思考了一下她俩的共同特点，那就是都有一种对生活的韧性。细细探究，这也正是每个普通劳动者的共性呢。生活的艰辛、不如意，甚至磨难，催生出人之韧性。更因为最普通的工作、最微小的善举，才使这种韧性在平凡中变得伟大。

"路纵崎岖亦不怕受磨炼，愿一生中苦痛快乐也体验，愉快悲哀在身边转又转……毋用计较，快欣赏身边美丽每一天。"

小 满

搬完最后一箱东西,他的红色长袖汗衫湿透了。弟弟递给他香烟的同时,也把烟散给搬家公司的工人。他穿过客厅、卧室,走到阳台上抽烟。弟弟和弟媳的声音在空荡房子里显得夸张。他拉开纱窗,望见红色、绿色、赭色各色楼房屋脊满满当当。那时候,周边还是农田和水塘。这是古城区向东拓展的第一个新村。他骑自行车来看房,马路还没有修到新村口,他推车走了一两百米田埂路。看着想着,心头起伏不定,不由得掏出一根烟续上。

楼下,搬家车鸣叫两声。弟弟跑过来,同他一样,把头伸出窗口,大声喊:"来了,来了!"

弟弟朝屋里挥挥手,弟媳带着工人们,蚂蚁般扫荡一遍,随后一字排开从六楼往下走。阳台上只剩下他和弟弟。

他要抓住这个机会，来了大半天，等的就是这一刻。可话到嘴边，就是吐不出来。他急得又接了根烟。弟弟朝他看看，没吱声，走回客厅，拉下电闸开关，又到厨房关掉煤气和水闸。

弟弟拍着钥匙包，站在大门口，没说一句话。弟弟不抽烟。他快抽几口，扔了烟，三步并两步跨出大门。门在他身后关上，震动波及他后背。

楼道窗户里透进金色阳光。弟弟嘀咕了一句："天要热起来了。"

他点点头，终于说出话来。

"这房子你们准备怎么处理？"

钥匙丁零当啷在他身后响着。弟弟的声音有气无力。

"不是学区房，租、售都难。一周前我就挂网了，只来了三个电话。"

他心里一紧，脱口而出："你要把房子卖了？"

弟弟低声说："不然呢？新房子我俩都背了好多贷款。"

眼前出现一楼门洞，他不再迟疑。

"租出去啊，租金还贷。"

"你说得轻巧。这个地段、这么老的房子，能租出去就很不错了。"

他转过身，头正抵着弟弟的皮带，这是他希望的：既正面交锋，又有缓冲地带。那句盘踞在他喉咙口好几天的话，终于冲向银光闪闪的皮带扣。

"租给我吧。"

弟弟犹豫着，缓步侧身从他身边走下去，没有回答他。他急了，跟在弟弟后面，一年当中第一次说了这么多话。他恨透了自己习惯性只说卖惨的话，而要表达事实上并不至于这么惨，真的很不容易。讲述过程中，他瞥到白色电动轿车停在绿色搬家车前面，弟媳摇下了车窗，对兄弟俩张望。

卡车上的工人们也在看他俩。他几乎要收回刚才说的第一句话了。我并不是你想的那样惨！在心里，他反复说这句话。

弟弟走向轿车，招呼他一起上。他摆摆手，转身走向绿色卡车。队长让他坐进驾驶室，他拒绝了。搭把手，跳上车，掏出烟，他跟三个工人坐在乱七八糟的家具上。

"看你干活棒棒的样子，练过的吧？"年轻的工人问他。

"当过几年兵。"

"当兵好啊，转业不说，复员也有好工作。"

他嘴角牵动，没发出声音。太阳快升到最高处了，一辆洒水车播着"世上只有妈妈好"，迎面开来。

他要租弟弟房子的事情，妈妈知道，可她也皱眉。看她皱眉，他只好自己上。

妈妈问他非要租那套房子吗？他想了有一分钟，重重点头。

"你这是何苦呢？"妈妈在厨房洗碗，叹息着。

车子往新区开，路边开着各色花，空气中弥漫着甜蜜的气息。

他跟工人们一样，刷着微信或者抖音，只是他从不开音量。

一条新微信消息，阿春发来的。

"过来吃饭吗？"

他想了想，回了"要的"。

快一年了，他已经习惯在小小出租屋里吃饭。阿春做出来的饭菜，有一股好闻的香味。

年轻工人看着抖音发感慨："怎么也没料到送个快递也会成为网红，早知道我一来这里就干这个了。"

年轻工人的话触动了他的神经。这个城市第一家民营快递公司就是他跟两个战友创办的。他们退役后，没有去分配的单位，合伙干了起来。

要是自己坚持做下来，现在满城跑的那些快递员，大多都是他的员工啊。可当时，要让邮件早一天到目的地，他们都要协调各方关系，寄件人还嫌十块钱的邮费太贵。

他上门取过货、送过件，服务对象最不放心的是邮件安全，几乎都会说："要不是急，我才不会找你们！"

他为提高服务质量，还去了趟香港。回来之后，灰心丧气。在香港，找快递公司就像进便利店那样方便。这种认知和习惯，不是一天两天能够形成的。事实上，他们公司业务量始终上不去，零敲碎打的活儿，让他失去耐心。

一个大雨倾盆的晚上，三个合伙人喝了顿散伙酒。雨似乎浇灭了友情，他们都盼望早点结束无聊的酒席。似乎结束就是起跑，他们都将跑上新赛道。

他心里很有底。偷偷地，他已经去参加 S 产品业务指导会五六次了。最吸引他的并不是产品本身质量如何，而是团结一心做事业的气氛。几十个人挤在简陋教室里，齐声高呼口号、信条。这让他回到集体生活的火红岁月。

退出快递公司，他投身 S 产品营销公司，热血沸腾，精气神表现得最突出。经理请他上台分享体会。他说一句，大家鼓掌；说一段，大家喝彩。他站得挺拔，充满自信，同事们簇拥着他，赞扬着他。他的内心一颗小火苗迎风生长。人群中，他扫到一双充满崇拜的大眼睛。后来他注意到，只要他登台演讲，那双大眼睛必定从头至尾注视着他。一次演讲结束，他鼓起勇气走向她，她正等待着他的到来。

那是一段美好时光，他们一起描绘事业、家庭蓝图。

有时，他会问她，是不是真的？她对他扬扬手上的银行卡，里面数字不会假。结婚前，他们买了城乡接合部顶楼的一套商品房。拿到钥匙，等不及装修，他们就在毛坯房里开讲座、分享会。等活动结束，他俩把黑板、白板移到一边，并肩眺望夜色，春风飘来温馨甜蜜的气息。他问她闻到没有，她说很浓很浓。那时，他站到了人生最高处，也就看不清低处的黑暗。

弟弟的新居是一套精装修的大平层。他和工人一起搬东西，按照弟媳要求摆放到位。不到一小时，搬家卡车开走了。那个年轻工人跳上车，朝他敬了个礼，他挥挥手。

弟弟把旧房子钥匙递给他。

"我们刚才路上商量好了。房子你尽管住，不要付租金。"

他看了一眼正在擦桌子的弟媳。

"这可不行，我一定按照市场价付租金。"顿了顿，他补充道："现在我工作稳定，也有钱了。"

"这房子本来就是你的。"弟媳停下手里的活说。

他沉默了，想抽烟，又告诫自己不能在新房子里抽。房子一直是他心头之痛。他摊开双手，四十多岁的人了，手上没有一套房子。在这个城市里，他就像无根的芦苇。

"哎！那房子的事情，幸亏你们买下救了我，我心里是有数的，正因为感激，我才不能不付租金啊。"好久了，他终于说出憋在心里的话。也许，以前他说话太多、太乱。

那个深夜，他打开房门，一股冷风里，弟弟侧身进门，递给他一张银行卡。他通过妈妈已经了解到这卡上的数字。

"谢谢你。妈跟我说了，这是你准备结婚的钱。"

"你现在这么困难，先拿去用吧。"弟弟转身要走。

"等等！你也知道按照我目前的状况，也许很长时间还不了这笔钱。我有个主意。"他搓着双手，帮着下决心。

弟弟靠在门边上，等着。

"我把房子卖给你，就值卡里这些钱。"

"这可不行，我这是乘人之危。"弟弟又去拉门把手，被他一把按住。

"你嫂子在天堂也会跟我意见一致的。"

就在这时，远远地飘来丝竹声，随着兄弟俩的呼吸起伏、颤抖。

S品牌一夜之间倒闭，囤积大量产品的直销经理们争先降价出货。但是，公司丑闻发酵，产品一件都卖不出去。他已经当上大市区域经理，她也管着化妆品营销。为与其他经理攀比销售业绩，他贷款进货，她租高档会所做服务。

一周时间，他俩从销售达人沦为欠债大王，几年间辛苦工作的成果化为乌有。面对塞满房间的产品和不断打来的催款电话，她时而惊恐，时而木然。他想尽办法解决资金问题，但还是有很大缺口。后来，他最后悔的是，烦心事太多，没有特别关注她。当警察打来电话时，他还在与一个房东讨价还价。电话掉落在地，眼前的一切像走马灯般旋转，他扶住墙壁，发现墙如同列车车厢般闪过。

将她的后事料理完毕后，他找了一个周一的清晨，来到她落水的那片湖边，眼睛盯着波动的水面，站到太阳落山。他下决心重新开始，做实实在在的工作。

弟弟结婚时，他没进新房，在楼下抽烟，时不时望望灯火通明、人声嘈杂的那套熟悉的房子。

弟媳把钥匙交到他手上，他觉得分量变得更重了。可他还是坚持要付租金，他把钥匙轻轻地放在沙发茶几上，做出要离开的样子。

其实妈妈也反对他交租金。那天他一提出这个想法，妈妈就反对。

"这么多年，你住我这里，我哪要你一分钱啦？再说了，兄弟之间就应该互相帮助。"

阿春是来自遥远南方的农村姑娘，去年来投奔舅舅，在工地上跟舅舅管理仓库、配发辅料。她很照顾他们，平时没有项目经理的架子。

一无所有后，他决定找一份实实在在的工作。从建筑工地电工做起，这些年一步一个脚印，挣钱虽然不多，内心却不躁动，睡得也踏实。

"这里房子虽小，阿春住过来，哪有什么问题？"妈妈继续嘀咕，"阿春是个好姑娘啊！"

他也想过这个方案，可嘴里说出的话，还是坚决果断："我要给阿春一个家。"

他抬头看一眼妈妈，觉得对不起她。这几年，她手脚经常跟不上想法。他去帮她，还不讨好。

弟弟和弟媳留他吃饭，他急着赶回去。一路上，坐公交，转地铁，再步行，他再次闻到花香，步履格外轻快。

来到出租房，阿春正端出香喷喷的一荤一素一汤来。还没坐定，他就掏出钥匙，对阿春高高扬起。阿春开心地大笑起来，她的牙齿白得像月亮，她的笑像孩子般单纯。

他想好了。自己已经存好一些钱，与阿春一起努力，扎扎实实做几年，按照市场价，把房子再买回来。

"阿春，你知道吗？这房子时刻提醒我，幸福生活很简单，只要拥有小小的满足就够了。"

——小满——

｜人生最佳是"小满"

在二十四节气设置上，先人定了小寒、大寒、小暑、大暑，却没"大满"，这并不是疏漏，而是先人睿智，懂得"大满则亏"，而"小满刚好"！

蔡襄欣赏"花未全开月未圆"。曾国藩为自己书房取名"求阙斋"，并认为："一损一益者，自然之理也。物生而有嗜欲，好盈而忘阙。"

很多时候，我都在倾听"他"和"她"的声音。我发现一个特点，几乎没人把自己说得很差或者很好，都是"还行吧""就那样吧"等。这近乎是中国人的一种人生哲学。

文中的"他"，从年轻时起，就带着激情生活、工作。"他"似乎都能把自己的境况说得像介绍一桌菜，活色生香。而内中辛苦、失落，都被"他"过滤掉了。我经常会碰到这样的人，"报喜不报忧"或者"把我的悲伤留给自己，你的美丽让你带走"，他们承受的压力，往往比经常向你吐槽的人大很多。生活中的不如意，都集中到"他"身上。面对困境，"他"从最底层重新做起，抛掉身上所有以前的符号。经过几年打拼，"他"心中产生了"小小愿望"：赎回曾经属于自己的房子，娶回心仪他的女人。

"他"会"小满"，一定。

芒 种

她轻轻敲了敲陈颖虚掩着的办公室门，听到里面一句"等等"，就站在门边上候着。等了五六分钟，她不自觉地将身体斜靠在墙上。手里一大沓资料渐渐显出分量，双手托得酸。又过了两三分钟，里面打电话声音似乎没了。她刚腾出右手想再次敲门，陈颖压低的讲话声断续传出来。她憋住气，回归原位。

突然手机响起来，她跑出一段路接电话。又是催材料的电话，她语气有点生硬："主任还没签呢！"

把电话调成静音，回转身来，一个身影往电梯方向走去。她急急赶上。果然是陈颖。电梯往下的箭头已经变红。

"主任！陈主任！"她提高声音。陈颖回头看了她一眼。

"请您签个字。"

陈颖盯着电梯按钮，问了句："急吗？"

"急的，研发部等着呢。"

陈颖斜过头，冷冷地说："研发部急，他们早干吗去了？"

她刚想辩解几句，电梯来了，陈颖急急跨入轿厢，黑色小挎包跟着荡进去。

她重重按了向上的按钮。

电梯是空的，她看着镜子里那张窝火变形的脸，狠狠瞪了一眼。

刚在格子间坐下，李涛电话就来了。

"你倒是帮帮忙啊！我被经理催得快发疯了。"

"她不签，我有什么办法？"大办公室里人多，她说话尽量平和，说人说事用代词。

"你是我们研发部出去的，陈颖好歹也是你大学同学，你倒是想想办法啊！"

李涛不提关系啊、情谊啊什么的也就罢了，一提，她心里冒出火，攻进嗓子，说出话来，声音都变了："这活儿我干不了，你另外找人解决吧，材料我扔桌上了。"

公司一楼的一角租给了咖啡店。她直挺挺地走进去，要了杯双份特浓美式咖啡，站在柜台边一下子喝个干净。服务员谨慎地问她还要什么，她长长舒口气，摇头结账。

回到办公桌前，那叠厚厚的材料不见了。她觉得有点对不住李涛，拨通李涛座机。

"算了，还是我去等她回来签吧。"

"哦，不用了，实在太急，经理说陈颖不签也没关系，他先去跟客户谈，成功的话，再回来履行手续。"李涛的口气缓和了不少，"怎么样？当初我劝你不要去销售部，你还以为我挡你前程。"

虽然她认为李涛不愿她走的主要原因是要留得力干活的人，跟前途什么的无关，但男上司就是这点好，愿意说出来。到销售部也快一年了，陈颖跟她单独交流不到五次，还都是谈工作上的事情，不知情的人根本看不出她俩是同学关系。最亲密的一句话，可能就是："哎！最近你有点胖，要减减肥喽。"她这个火啊！胖起来，还不是因为在销售部压力大、工作多？

每到焦躁时刻，有个声音在问她："你这又是何苦呢？"

下午三点半，正是她最忙的时候。座机响了，陈颖让她去一趟。

她边走边回微信，心思落在处理一堆杂事上。

陈颖办公室有扇小小的窗，透过它，看得见远处的碧山绿水。陈颖正朝窗外看，黑色套装已经穿不上，外套搭在办公椅上。绲边白衬衫、黑色筒裙、黑色高跟鞋，陈颖还把双手抱在胸口。

她见这阵势，预感不祥。

陈颖回头，指着桌上一大沓材料问她："这是你给研发部的？"

她扫一眼，知道是那份。

"是研发部来拿走的。"她说的也是事实。

"我还没审，你就让他们拿走送给经理，出了问题谁负责？"

她心里像被一根刺挑了挑，抬起头直视陈颖双眸："我上午追着请你审阅、签字，你自己没有时间。"

"你告诉我是经理下午要派上用场的方案了吗？"

她心里的火被拨燃："你问我是什么材料了吗？"

陈颖声音跟着尖锐起来："经理刚才让我去了一趟，这笔生意没谈成，他自己出马谈的！他训斥我，问题出在给客户的方案上，把这叠材料扔了回来。你负得起责吗？还不都是我来承担！"

她把胡乱拖来装样子的本子和笔，重重拍在陈颖桌上："你认为你能把得了关？挽回这个大客户？你每次审方案，哪次不匆忙敷衍？签字时，哪次不草草了事？今天我算触霉头，恨自己脸皮薄，没有硬让你签。你对经理说自己没审阅，经理只能怪程序不到位，对你业务能力不会怀疑。你就安心吧！倒霉的是我！"

　　陈颖脸上红一块、白一块，胸脯快速起伏，仿佛室内氧气正被抽空。

　　大学四年，她都跟陈颖一个宿舍，互相客客气气，几乎没有矛盾。只有一次闹了点别扭。系里组建女子排球队，要从她俩之间选一人。她悄悄跑到教练那里，说自己心理素质差，上场比赛要掉链子。教练答应会认真考虑，她让跃跃欲试的陈颖安心。可名单公布出来，她在，陈颖没有。陈颖气得脸上红白相间，呼吸急促："你要耍心眼，就不要在我面前装！有人看见你去找教练主动争取，你还告诉我没问题。你就是个两面派！"虽然过段时间，两人和好如初，陈颖也常常去球场为她加油。但是，两人明显客气许多。一起去食堂、图书馆、逛街的次数少了，她不去强迫陈颖做什么，陈颖也不要求她非得跟着去。有时候，一两件小事就会影响人生走向。

　　毕业后，两人分别进了"世界五百强"企业。刚开始，还约着看电影、喝咖啡，聊着新工作，吐槽企业、老员工的一些奇葩事。后来，她仍专注于那些公式、算法和效率时，陈颖却已经在谋划两年内提薪、升职，达到一个小目标。

　　"我也不是不想加薪、提拔，不过在我们公司，水平高的人太多，好岗位太少，我觉得自己还是先扎实做事。"

　　"这不矛盾啊！做事和争取，就是互相促进的关系。"

陈颖望着她，眼里激情闪烁。两人准备结婚典礼，都在等待对方寄来请柬。婚礼一周后就要举办，她回娘家时，听见家里人说起陈颖的名字，顿时感到愧疚，连夜写好请柬，寄给以前要好的同学。焦急等待确认短信或者电话的时候，她也收到了陈颖的请柬。拆开一看，她傻了眼，她俩婚礼同一天举办！

陈颖给她打了电话，通话时间很长，翻来覆去几层意思，婚后两家有时间聚聚，如果怀孩子早，那么干脆辞去现在的工作，等孩子上托班，再找个好公司。她只是一个听众，不时表示赞同或者以"嗯嗯"掩饰真实态度。

事实上，陈颖并没有生孩子，一直到现在，而她却早早地有了儿子，儿子上托班，她跳槽到现在的公司。她惊讶地发现，陈颖已经在这个公司当上高管。她俩并没通过气，她却走了陈颖设想过的路，虽然不知真假，可毕竟她说过。

进新公司后不久，找了个机会，她到陈颖办公室，想聊会儿天。陈颖热络地请她坐，倒咖啡给她。她刚准备开口，问问陈颖最近情况，一个电话进来，陈颖随即沉下来了脸，语气也变得严厉、蛮横。接完电话，陈颖立刻恢复笑容，语气柔和。可她已不想再聊下去，于是借口上司找，草草结束聊天。幸亏！她不在陈颖手下工作，她在昏暗走廊里暗自庆幸。

可现在，她偏偏落到陈颖手上了。

全都顾不了了！她暗自想了想整个事情，自己没任何问题，陈颖骂人，完全是心虚，借人撒气。这么多年在职场，她看得多了。

"如果你还这么不讲道理，现在我就去经理办公室问清楚。有什么大不了？最多辞职不干！"

她说的有部分是实话，所以腰杆比较挺。虽然在升职这件事上，一直不如愿，但她也不是太在意，走了另外一条道路。李涛曾经给她定过性："你就是个踏踏实实做技术的人才。"在陈颖从主管到副主任，再到主任这几年里，她也没闲着，国内外相关技术证书，她拿到不少。每次拿到一张证书，她就以鄙视心态想象陈颖在这方面的可怜。

这时，她才发现，陈颖办公室朝西，已经偏西的阳光洒满室内。陈颖面向她，脸黑黑的，只有眼睛闪亮。

"你以为经理会听你的说辞？现在关键是，谈判失败了，所有努力都白费了。难道经理还会在乎你是按流程办，我是没按流程办吗？胜者为王！永远是商场上的硬道理。"

渐渐地，她从陈颖的话里听出了另一个声音：和解。

她把本子和笔拿起来，语气也缓和许多："那些材料写得不错，分析得也到位，可能还是在最终成交价上，客户和我们差价太大吧。"她说着，眼睛往陈颖身上瞄。

"以后我们都注意点吧！你呀，也不要受外人蛊惑。"

陈颖说的"外人"，她理解的就是李涛。陈颖和李涛目前是副经理位置的竞争对手。她说了句"明白了"就往门外走。

"对了！今天下班后有事吗？我请你吃个饭。"

她本来想推辞，自己的确还要给儿子讲试卷，期中考试儿子的数学和物理考得一塌糊涂，她心里焦躁，还不能当着儿子的面表现出来。现在都要尊重个性，鼓励为主，刺痛儿子内心的事情，她不敢做。这样的话，更心痛的是自己。陈颖是顶头上司，请吃饭不能不去。

"我没事，听你安排。"

"那好，等会我发订餐信息给你。"

回到办公桌前，她看了眼未接来电，发现李涛打来五次。她犹豫一下，回电过去。

"怎样啊？听说被狠狠批判啦？"李涛声音是另一种模式，软软的，细品却又有刺。

"还好，我的性格你知道的，按规矩办事，走到哪里都不怕。"

"哎！经理怎么说她的呢？"李涛压低声音，暗示她回答时也要如此。

她偏不这样，仍以正常音量回答："经理说的话我不知道，只知道这个项目谈判失败了。"她停顿一下，补充一句："我们都应该负责任的。"

"那是那是。"李涛顺着她话，又问下去，"你刚才嗓门大得很，整个楼层都听到你在发飙，火大伤身，没必要跟她那样。"

去年，李涛找她谈话，说推荐她去销售部。她很吃惊，她在研发部做得好好的。李涛微笑着告诉她，销售部缺个副主任，她去适应适应，很快会升职。她仔细思考了李涛的话，销售部业务要求比研发部低些，副主任那个岗位，她完全能够胜任。于是她答应了李涛。可万万没有想到，陈颖从质监部调到销售部做主任，表面看上去，她没有如愿做上副主任这个岗位，是因为陈颖没有极力推荐。李涛表示遗憾的同时，又说"情况复杂"！

最近，据说经理又在考虑配齐销售部副主任，两种截然不同的说法传到她耳朵里。电话两端都沉默了一会儿，李涛声音再次温柔地响起："下班后你没事吧？我请你吃饭压惊！"

她顿时敏感起来。为什么两人不约而同都要请她吃饭？这是到了什么当口呢？她想了想，回答李涛说："我还得加个班，要晚点，如果你嫌晚，改天再约好了。"

李涛马上接上话："我正好也得加班做个计划书。我们就晚上八点半碰头好了，具体地方我等会儿发信息给你。"

　　她挂了电话，打开电脑，埋头处理文档、资料。一个念头却挥之不去：是谁真的在支持她？李涛还是陈颖？或者都不是？好在，她相信自己，今晚就能做出明确判断。忽然间，她自信满满。

——芒种——

职场是生活的全部吗？

"职场是生活的全部"，也许错了，太片面。仔细想想，却很对。对城市人而言，除了个别天赋异禀的、少数躺倒躺平的，哪个不在努力工作？没有工作，城市生活难以维系。城市也就不称之为城市了。

职业和工作不就是谋生手段吗？表面看起来是这么回事，做起来、做得好，却很有讲究。不牺牲点生命中最美好的时光，不占用点陪伴家人的时间，不一个人加班走在深夜或者清晨的路上，升职、加薪也不会落在自己头上。通常的情况是：痛并快乐着。城市人极具好胜心。竞争让工作业绩蒸蒸日上，也不断收编生活的方方面面、林林总总。

从人际关系看，亲戚往来本就少，同学各自忙碌见面也难，社会朋友总有那么一点不放心，只要不跳槽，最稳定、最微妙的就是同事关系。城市人常说职场复杂，其实就是人际关系最难处理。不要说萍水相逢的同事，就是有血缘、亲情的家族企业里，涉及利益、权力，不搞得惊天动地也不罢休。

从个人需求看，马斯洛早就界定人的最高级层次需求是自我实现，生而为人，总要为理想信念奋斗终生。在这个过程中，职场、生活不可能泾渭分明，只能是你中有我、我中有你。很多时候，生活为事业让步。殊不知，这种让步，也是为更好的生活打下基础。

从生命过程看，人生最精彩处往往出现在职场中、事业上。许多退休老人，在公园茶室里、在家庭餐桌上，回忆往昔，说得最多的也就是工作成绩，凭借自己力量攻坚克难、扭转乾坤等。无形中形成一种精神，那就像巴甫洛夫说的："必须过真实的生活，过有价值的生活。"就这样，日复一日，年复一年，这种精神一代一代传承下去。

城市人在职场中，承受着绩效重压，被挤在人际夹缝里，身心疲惫不堪。《芒种》里的"她"，努力工作，业绩突出，却得不到应有的晋升。这似乎是职场中的常态。陈颖在职场如鱼得水，专业技术明显不如"她"，靠的是什么？"李涛"善于瞬间就变形变色，难道这就是职场成功的关键？"她"信，也不信！其实"她"还是相信，真诚对待生活和事业，总会有好的回报。

夏 至

业主带一帮人出门后，他走到阳台上抽烟。

二十六层高的楼上，暖风强劲，阳台上能看到湖泊、绿地和树林。他在这里已经做了一个月。每次业主来，总有大变动。刚才他差点跟业主争执起来。上次，也就是一周前定下来的吊橱，业主又不想做了。而他已经给家具厂报了尺寸，订单都下了。业主是个刚退休的公务员，精明又固执。每周，业主都会找相关业内人士过来开现场会。每个人多少会提几条整改意见，有些客观公道，有些要求太高，不是家装能达到的标准。大家都对着他开火，他也习惯了，包工头就是这样：在夹缝中求生存。如果时光倒转，他最希望做的还是一名技术精湛的木匠。

他出生在一个以生产红木家具闻名的乡镇，亲戚朋友当中，木匠、漆匠占了很大比例。他父亲是村会计，倒也支持他学艺。他拜了村里手艺最好的师傅。跟着师傅做红木家具五六年后，镇里办的一次大型家具展销会彻底改变了他的生活轨迹。形态各异、色彩夺目、工艺创新的新式家具让他大开眼界。回到师傅那里，面对沉重、固化的红木家具，他感到厌倦。偷偷地，几个小伙伴踏上南下火车，到改革开放最前沿去讨生活。

南方工头很简单实在，做一天算一天钱。小工十块，大工二十，他们从小工做起。做了没多久，他对那些所谓的"大工"的手艺完全失望。渐渐地，他想通了，来南方只是见世面、挣钱，与手艺无关。当然，也有例外。一次，一位酷爱唐宋文化的老师给了工头一张宫灯图片，要求不用一根钉子做出一对全木宫灯。木匠中没人敢接活。他搬三夹板的时候，看见木匠们拿着图片纷纷摇头。他研究了几分钟，向工头揽活。工头惊讶地瞪着这个一米六不到的小个子。

他终于能够施展自己的手艺了，老师对宫灯制作的要求，与红木家具类似，全榫卯结构。那些"洋钉木匠"围过来，看他开榫头、凿榫眼，不说一句话。从选材到磨砂，两个宫灯制作用了半个月。包工头请老师来看时，老师连声称赞他工艺好、创意新。原本老师设想宫灯用红色或棕色漆，他大胆提出建议，柚木做主材，木纹细腻流畅，用清漆罩住，才能尽显唐风宋韵。老师对他跷起了大拇指。

工头也够意思，不但加了他日薪，还让他负责一个小型歌舞厅装修项目。他在阳台上抽着烟，突然想到这一段。那个小项目正是他承揽工程的起点。也是那时起，他说得多了，做得少了。似乎这也很正常，就像拳师一样，打败了一个劲敌，质疑的、挑战的人就少了。

他看了看手机，妻子来信息，让他先回一趟老家，然后马上去 A 市。催！又来催。工地上本就不顺，妻子还来添乱。信息本不想回，但是想到她也辛苦，勉强地打了三个字回过去：知道了。

儿子大学毕业留在了读书的 A 市，在那里结了婚，刚生了个男孩，妻子过去帮忙了。亲家正式提出小孩要姓他们家姓。儿子真没出息，等于入赘到儿媳妇家里。老家扩建红木家具城，老房子要拆迁。家里老人都去世了，两个弟弟等他回来拿主意。老房子早就是他名字，从法律上说，拆迁的任何事情都与弟弟们无关。他们等他回来，其实就在等"分一杯羹"。

"都在逼我！"他脑子里浮现出这句话，心里窝火。狠狠掐灭烟头，踢踢挡在脚跟前的木料，他给家具厂打了个电话，取消吊柜订单。家具厂那边啰唆了半天才答应。他松了一口气。

他把房子里的木匠、漆匠、水电工叫到一起，让他们排个时间表出来。木匠说这个材料没到，那个配件没来。漆匠说木匠不弄好，墙面、家具只能做部分。水电工更是指指墙角，管道的孔还没开好。

他认真地把他们提的意见记在小本上，按照轻重缓急，用了一小时打电话联系、沟通。这两年活是不少，但是疫情带来的不确定性，让他的生意受到很大影响。

门口来了一个大汉，手提沉重的钻孔机。水电工给大汉指定打孔方位，大汉马上嚷嚷开了。

"往外打，这里是二十六层，水泥柱掉下去怎么办？往里打，我脚立在哪里？"

他闻声跑到房间看，的确存在大汉讲的问题。他把水电工叫过来，研究打孔新位置，不是这里不够，就是那里不凑巧。

但是，孔是必须打的，不然空调铜管无法接进来。他默默拿起卷尺，上下、左右量好室内孔到各关键点的尺寸，画在小本子上，再转到阳台上，对照关键点位置，在外墙上画定出孔位置，然后再复核一遍。这是他做木工时养成的习惯，第一遍尺寸出来后，他总要从另外角度再核对好。

他交代大汉，打的时候慢点、稳点，随后戴上安全帽，让水电工替他系上安全带，安全带另一头拴牢在阳台栏杆上，水电工再紧紧抓住。他爬上阳台栏杆，一只手抓住晾衣铁架，另一只手举起铁桶，凑到外墙上他刚才量好的地方。

他不敢看楼下，也不敢看远处，只是盯着即将破壁的那个点。房子里只剩下大汉推动钻孔机的沉闷的声音，木匠、漆匠们都过来了，一起把手搭上安全带，急迫地等待墙壁洞穿时刻。

这些工匠，都是跟了他好多年的弟兄了。虽说他没成立公司，与他们没有任何劳动关系，但是只要他招呼，他们总是第一个选择到他包的工地上干活。

站在二十六层高的阳台栏杆上，他就是这样以自己的行动做给弟兄们看的。他绝不会站在下面指手画脚，让一个小工束好安全带爬上去。很多时候，他完全忘记自己曾是一个出色的红木家具木匠，做着连小工都不愿干的事情。工地上最大的问题，就是各路人马各做一块，造成交圈地带的活能不干就赖掉，基础性工作能少干就少做，清洁卫生工作最好都不做等。而他包的工地，那些情况就好很多，倒不是工匠们多自觉，而是他自己默默地清掉了。

妻子没去 A 市带孩子之前，也在工地帮忙搭手，老是埋怨他做得太多："你好歹是领头的，指挥小工做，天经地义。看你每天累成什么样了！"

"我也想少做点！就是忍不住。"他心目中理想的工地是一件红木家具，从开料到打磨，每个阶段都有不同的样子，规整、干净的总原则贯穿期间。工匠们知道他的脾气，干起活格外上心、当心。

他也不亏待跟他做的弟兄们，总是付市场上比较高的工钱。这几年，几乎每个单位都欠工程款。今年春节前半个月时间里，他什么都不做，每天蹲在欠款单位盯付款。他的经验是，答应你没用，只要钱不到账，必须继续催。小年都过了，工匠们已经在老家或者回家路上了，他咬咬牙，把准备年夜饭桌上给未来小宝宝的钱，拿出来打给各位弟兄。还算幸运，一笔款子在除夕上午到账，为他解了"年夜饭之困"。

吃年夜饭的时候，他拿出大红包给小两口后，被儿子隐约告知孩子姓氏问题。他暗想，早知道这样，红包晚点拿出来了。春节联欢晚会，他一个节目都没看进去。儿子一直是他的骄傲。他和妻子没时间管儿子，也没水平指导功课，都是儿子自己努力上进，考取了 A 市的大学，毕业后被招聘进全国百强企业。儿媳妇一家三口都是中学教师，知书达理，对儿子特别好。他就想不通，教师人家怎么会提出这样不合情理的要求？根源一定在儿子身上！感情的事情有时就这么简单。国外有孤独老人留下遗嘱，把财产留给保姆、司机，甚至宠物，就是不给子女。为什么？保姆、司机、宠物等天天陪伴着老人，他们之间产生了深厚的感情。而子女们，从不照顾、看望、关心老人，与老人仅是血缘关系而已。他想来想去，自己的确与儿子关系疏远了，当下似乎只有一个建议可以提，鼓励小两口再生孩子，两个或者三个里，总能有一个跟自己的姓了吧！他准备这次去A市时，跟妻子说好，正式地向亲家提出来。

等手上的工程验收结束，他要回趟老家，跟两个弟弟好好回忆当年父亲临终时，嘱咐他们兄弟三人的那句话："大事多商量，小事要谦让。"他认为，老房子拆迁，既是大事，又是小事。兄弟三人只要真诚地商量和谦让，房子问题很好解决。他心里早就有了打算，按照老家农村规矩来，家产每个儿子都有份。房子如果折算成货币安置，那就分成三份，每人取一份。如果安置拆迁房，只能写他的名字，他就补贴两个弟弟现金。这个方案他没有告诉妻子，先回老家商议再说。

钻孔机的声音变得尖锐。大汉似乎喊了句什么。他赶紧抖擞精神，用劲抓住铁桶，紧紧抵住外墙。什么都没发生，什么都即将发生。汗水从安全帽里沿额头滴落到鼻尖、嘴唇上，他后背已完全湿透，大夏天到了！突然，几滴汗淌进眼睛，他眨眨眼皮，与此同时，"扑通"一声，孔打穿了，水泥块掉落到铁桶里。

　　他把铁桶交还给水电工，同时瞥见了远处的湖泊、绿地和树林，脚下一软，站立不稳，他慌乱地舞动双手。那些木匠、漆匠们连忙拉着、抱着，把他从阳台栏杆上拽下来。大家都倒在阳台地上，笑声在半空中回荡。

——夏至——

| 那个凭手艺吃饭的时代渐行渐远

疫情期间，两点一线，总觉得可以多写点文字出来。可事实并非如此，一个又一个意想不到的事情向我袭来，手里的笔竟然滞板起来。

一天傍晚下楼，碰到一批工人回来，他们是楼上邻居雇来搞装修的。才做了几天，就被居委会叫停。社区虽没实行封闭管理，但装修所需物资却断了供应。空荡荡的马路上，到处是绿色隔离带，小店小铺关门大吉，人影凋敝，我仿佛置身虚幻世界。楼上没有响起施工声，我不由得担心起装修工人的生活来。后来，一辆面包车开来，工人们背着行李三三两两上车离去。平时，我喜欢安静。可那时，我宁愿热闹得乱哄哄的好。

我在脑子里设计了一所正在装修的房子。初暖乍寒时节，总盼望热力十足的阳光，我把故事发生日放在夏至，这个日光最长的日子。其实，在心里，我也有所期盼，真到了最热的时候，疫情也就消散了。不过，我认为，人生过程中，压在心上的阴影始终存在，这恐怕就是人生的真实含义。动笔之前，恰巧看了一部纪录片《天工苏作》。这部片子从苏州传统工艺门类中，选取了具有典型意义的宋锦、核雕、苏绣、香山帮建筑营造等九门手艺，以多位非物质文化遗产代表性传承人的视角，讲述了"苏作"前世今生的故事。令我最感怀的是香山帮建筑老木匠，他们以前施工只讲手艺、质量，不论工期。这个传统，使他们失去了当下市场。哪个项目不赶工期？哪个工程不预设竣工日？老工人们很困惑，要知道前辈们精湛手艺传到他们手上，更把经典工程留在了故宫。快与慢、粗与细、程式化与独创性等永远是一对对矛盾。纪录片最终都没有明确告诉我，到底哪种模式值得颂扬。留给我的只是一种感觉：凭个人手艺吃饭的时代渐行渐远，当下团队聚力、精准控制、项目化管理是主流。

《夏至》里的主角，出师前是一个手艺至上的木匠。他曾想凭手艺闯荡天下，市场也给了他施展身手的机会。随着闯荡行业日久，他清楚地认识到，个性化需求可遇不可求，要生存下去，必须主动适应市场，不喜欢也要做。生活的压力无时无刻以不可称的量，挤迫心胸、脑际。缓解了旧问题，又来了新矛盾。工程进度、业主要求、家庭冲突、遗产纠葛等，此起彼伏，弄得他狼狈不堪。人是需要群体帮助的，只有在关心他的人的簇拥下，他才能够笑得出来。

小 暑

　　他手里拎的塑料袋多了起来，却还是没有找到最关键的摊位。妻子买每样菜都要讨价还价，他心里越发着急。望望逐渐升高的日头，他用手背擦了擦额头的汗珠。

　　"我去水产品那里看看。"他打过招呼，离开五谷杂粮摊位。

　　妻子在后面喊："我买了早点就去找你。"

　　他在水产品那里兜了两圈，没找到合适的。看看手表，心里想着是不是赶去另一个菜场，那里更大些。

　　突然，路边停下一辆旧电瓶车，骑车的黑脸大汉戴了个大草帽，一下车，就把车架上挂着的四个细颈粗腰竹篓篓取下，边拿边嚷嚷："刚钓的野生黄鳝啊！"他马上凑上去。

　　黑脸汉子把竹篓子倾斜四十五度给他看。阳光斑斑点点照进竹篓子，几条又大又粗的黄鳝像眼镜蛇般昂起头，最凶的那条，再倾斜一点就要蹿出来。

他心里是满意的，嘴上却说："这黄鳝不大行，是不是家养闷出来的？"

黑脸汉子用草帽扇风，面对围拢过来的人，大声回答："就冲这条差点蹿出来的'大青斑'，养殖的哪能比？"

几个人同时问价，却都大吃一惊："什么？七十块一斤？里面那个鱼摊，只卖三十八一斤，还就今天小暑涨了几块钱。"

黑脸汉子一撇嘴，点上一根烟："嫌贵就不要买呗。"话虽这么说，价钱明摆着，话传了几下，人们各自散开。

黑脸汉子嘀咕了几句，跨坐在电瓶车上，掏出手机玩。

"便宜点卖不卖？"他还在翻竹篓子。

"七十，不还价。"黑脸汉子声音低了点。

"我可以出七十，但有个条件，你得让我挑。"

黑脸汉子急了："你买多少？"

"十来条，每条半斤左右。"

他挑来挑去时，妻子过来了。她看看塑料袋里选好的几条，笑着对他说："老本行没丢呢。"

他伸进竹篓子里的手停顿一下，一条黄鳝在他手间滑过，凉凉的。

他想起第一次处理黄鳝时的情景。

师傅拎来一只铁皮桶，上面用木盖盖住。学徒们围过去，他挤在最前面。

师傅高声宣布："今天功课——处理黄鳝。"接着把盖子一掀，桶里黄鳝搅作一团。

学徒们乱哄哄抓黄鳝的时候，师傅把一盘处理好的鳝丝放到案头："你们要把手上的活鳝鱼处理成这样。"

他还没有抓到鳝鱼，头上爬满汗珠。一块干布递到他面前。师傅说："抓起它，拍晕头部，然后快速剪颈部，顺势剖开。"

按师傅的话做，果然既快又省力。

接下来，师傅又在砧板顶端钉一根长钉，钉子穿透砧板。师傅把拍晕的黄鳝，钉到钉尖上，用一根磨得尖利的牙刷柄，剔骨、划鳝丝。

在师傅手里，鳝丝划得又细又均匀，最后只剩下一副鳝鱼骨架。

师傅每次教他，总把要点和盘托出，再多次示范如何把握好细节。

一条黄鳝差点钻出竹笼，他一惊，三根手指围成品字形，往鳝鱼颈部一卡，顺势带进塑料袋。

"十二条，五斤八两，一共四百零六。"

黑脸汉子咂咂嘴:"算了,你也买了我这么多,就给四百吧。"

回家的路上,妻子突然冒出来一句:"要不要找两个徒弟来帮帮忙?"

他默默摇头。在心里,他认为只有以这样的方式,或许才能得到师傅的原谅。

妻子接着说:"那我五点开车去接师傅师母吧?"

他默默点头。妻子什么事情都考虑周全。进厨房前,他先把昨晚与妻子商定的菜单和备忘单拿出来细细看一遍。五菜一汤:炖生敲、豆豉苦瓜炒牛柳、三丝炒银牙、丝瓜炒蛋、糯米糖藕、冬瓜海带汤。一瓶三十年陈黄酒,还有一壶龙井新茶。

他再检查一遍早上买来的主料、辅料、佐料,掀开砂锅看一眼昨晚开始吊的蹄髈排骨汤。汤已经清澈见底。

围上围裙,用力把带子一扎。一瞬间,久违的感觉回来了。

十多年前,厨师争霸赛决赛现场,他也是用力一扎围裙,昂首挺胸步入赛场,以师傅手把手教的看家菜,把那一季全国冠军称号夺到手。

隔天晚上,师傅亲自下厨给他做了"炖生敲",这道师傅立足江湖的名菜。吃饭时,大家轮流给他敬酒,炖生敲上桌后，他只尝了一口。

现在，他凭着这一口的记忆，把师傅看家菜复原。师傅不止一次烹制炖生敲，他也不止一次尝过，可那天味道就是不同。被师兄弟灌酒过程中，他隐约观察到师傅一脸严肃。

过了几天，酒店广告上，师傅与他并列金牌烹饪大师位置。过了半年，他名字被挪到师傅前面。这一改变，弄得他心慌慌的。

一段时间，他天天观察师傅的神情。师傅仍与往常一样，他放心了，渐渐地坦然接受酒店头号厨师的称号。

他没想到这只是新人生路的开始。渐渐地，周边著名星级宾馆、特色酒楼等都来接洽，开出高价聘请他，有一家甚至开出了现收入三四倍的高薪。他心动了，却不敢跟师傅讲。回家与妻子商量，妻子认为必须跟师傅说。

忸怩了半天，他还是迈进师傅家门。出乎意料，师傅非常支持他跳槽去其他酒店扛大旗。

"他们早就邀请我去那边做，可我在这里做惯了，不想动，就推荐了你。对你来说，这是事业发展的难得机遇。对于本地菜，也是一个很好的复兴机会。"

他又惊又喜，感谢师傅的同时，表示一定尽全力推广本帮菜，创新本帮菜。

他离开师傅的时候，只带走一把刀、一件围裙。刀是出师的时候，师傅送他的二号厨刀；围裙是参加厨王争霸赛的红围裙。

红围裙腰带在腹部打结后，他脑子里处理食材的时间表显现出来。晚上的家宴，必须由他自己独立完成。洗、切、配的过程，他尽量做到精细。二号厨刀沙沙沙的声音，让他安心。一盆盆处理好的食材，在午后的阳光下，显得格外新鲜、饱满。

他又看了一眼吊汤，点点头，回到餐厅。妻子出去买东西，他没听清楚。给他留的午饭很简单，茭白炒肉丝、炒青菜、番茄蛋汤、一碗饭。妻子就是这样，默默地处理好他想不到的事情。

离开师傅后，妻子定期提醒他去看望师傅，并准备好时令小吃作为随手礼。那次从师傅家回来，放在保温袋里的四袋冰冻鸡头米，他原封不动地带了回来。

还没到傍晚，他就要酒喝。妻子给他端黄酒的时候，试探地问情况。

连喝三杯酒后，他沮丧地把杯子往桌上一顿："师傅要跟我断绝师徒关系！"

妻子惊骇地差点把酒瓶碰倒："到底发生了什么大事？"

他还在回忆刚才师傅指着他鼻子严厉斥责的话："那些菜馆不做本帮菜，我也没有办法。你去了那家大酒店，那么责任就是要振兴本帮菜。可这一年来，本帮菜根本没在那里立足。你这个本帮菜大师，总是弄些时髦菜、乱配菜，你脸红吗？羞愧吗？"

确实，那家酒店只是想借一下他的名头，根本没有什么菜系可言。他找酒店老板谈了几次，老板都以"江湖菜赢天下"为由回绝了他。什么是硬道理？老板认为迎合顾客需求，把酒店搞得热热闹闹，多多赚钱，就是硬道理。

他离开了那家酒店，却没有回师傅那里。他不走回头路，也回不了头。接下来几家饭店、酒楼，他待的时间也不长。师傅那里断了联系。再往后，他去了周边城市，更不愿提师傅名头。似乎烹饪大师就是天才加勤奋练就，与师承关系不大。

午后，他歪在沙发上，微闭眼睛，一团团七色彩云在脑际飞来飞去，像极了一盘盘精致的本帮菜。他熟悉每道菜的制作过程和技巧，手指也跟着动了起来。眼前出现师傅的高大身影，师傅正详细解说那些菜的烹饪要点，他点着头，心里沉稳。

他开始处理黄鳝的时候，身旁师傅的影子总在。有很长一个阶段，他要摆脱师傅，有人提起师傅名字，似乎就是不信任他的技术。有人追捧他，称赞他是大湖区域五市头牌厨师，他真就以为实至名归。

他选用五条超过半斤的大黄鳝，用木棒在背部依次敲击，使其脊骨脱开。开肚去骨，将刀反握，用刀背沉稳有力反复交叉敲击，使黄鳝内侧肌肉松散起茸。过热油，炸至呈银炭色、起"芝麻花"后即捞出。他按照师傅的教导，火工适中，不过不欠，再用早就准备好的蹄髈排骨汤加料炖煨。他估摸着，这样做出来，应该接近以师傅名字命名的"杨氏炖生敲"了。

炖煨过程中，除了糖藕和汤，他处理好其他几个菜，就等饭前开火煸炒。妻子回来了，原来她去拿订好的生日蛋糕。整整十年，他没有给师傅过生日。找个由头与师傅和好如初的想法，在他心里盘桓很久。他自己也有了很多徒弟，最喜欢的徒弟也是与他分道扬镳最坚决的。他感到痛心的是，原来当初师傅是如此这般的心痛。

师傅过完生日，就退休了。如果师傅愿意，他自己的度假酒店需要师傅做策划和指导。他把想法告诉妻子，妻子通过师母，试探了师傅。据师母说，师傅站在窗前，看外面大雨拍打树叶好几分钟，转身答应赴宴。

妻子开车去接师傅师母后，他摆好餐桌，准备好碗碟。夕阳斜斜照在红花碗、青花碟上，像一连串音符掠过桌面。他在客厅里来回踱步，双手互相搓着，耳边全是心脏扑通扑通跳动声。他怀疑自己是否还能完成晚宴，手脚已经不太听使唤了。

突然，尖锐门铃声响起。他愣住了，直到第三声门铃响，他才快步去开了门。

似乎什么都没发生。

"师傅！师母！"

"嗯。"

"好好。"

"快请进，这里坐，喝龙井！"

师傅师母坐在沙发上喝茶，妻子陪着师傅师母说话。他身上所有厨艺细胞在刹那间复活。

六点一刻，他端上最后一个菜，炖生敲鲜香的味道立刻布满餐厅。

他为师傅斟上一盅黄酒，自己陪一杯，师母、妻子喝他熬制的米汤。就像普通家宴，女人话多，你一句我一句说着家长里短。外人看不出这是一场特殊聚会。

他有时附和一声，可师傅一句话没说，静静吃菜喝酒，却没碰炖生敲。眼看最佳品尝时机要错过，他鼓起勇气，用公筷夹了两段鳝片，放进师傅碟中。

"我的习作，请您品尝并训导！"他低头，以真诚的谦卑口气请求。

师傅夹起鳝片，抖动一下，两端下垂不断。入口品味良久，终于缓缓评论出三句话："汤汁浓郁，香酥柔韧，醇厚鲜美！"

他连忙敬酒："谢谢师傅谬赞！"

"我说的是实话。现在杨氏炖生敲能做到这个份上的，恐怕只有你了。"

"您太谦虚了，您才是杨氏传人，一代宗师！"这是他发自肺腑的声音。

师傅搁好筷子，看了一眼窗外将要降临的暮色，把目光转向他。

"生活就是炖生敲，敲打、煎熬、炖煮，终成绝味。你师母说了你的好意，我心领了。你是我最得意的徒弟，离开我的这十年里，我经常在反思。思考的结果是，我觉得你我都没问题，问题在这里。"师傅指了指心窝，"其实就是你我这里'拗'着。人生选择没有对错，认为对，去做就是，不要反悔。事情也没绝对好和坏，适合自己的，并不一定适合别人。我老了，能做的就是祝你成功，快乐地生活。"

他夹起鳝片，放入嘴里，猛然觉得，无论从口感、味道来看，离师傅手艺差太远了。

妻子端上蛋糕，他借口做长寿面，去到厨房。西天层层青红云霭背景下，一盏盏高臂路灯亮起，接下来，它们将越来越亮。

——小暑——

| 还是要感恩

小时候，每到小暑，学校都放假了。我喜欢端个小板凳，在街头巷尾转悠。乘凉的人们一堆一堆地，有的打牌下棋，有的喝茶聊天，也有的看天发呆。我凑上去静静地看和听，耳边传来知了叫声。那时候，我心澄明如镜。

我也会独自一人望着夏夜星空发呆。遥远的流星、眼前的萤火虫转瞬即逝，使我心情复杂：美好的东西竟不能长久。

如今，炎炎夏夜，街边不见乘凉人。城市夜空被光电笼罩，星光黯淡许多。我走在马路边，许多往事涌上心头。思念故去的亲人，想念久未碰面的邻居、同学。很多时候，简单的道理，却总是落不到实处，尤其是人与人之间一旦有了隔阂、误会或矛盾，就很难化解。在人的内心，最难过的是自己这道坎。

有时，连感恩或者感念都不容易做到。每个人都会碰到对自己有帮助的人，有时我们称之为师傅、老师、伯乐等，在某一时间段，这样的感情纯真而浓烈。只是，每个人都在成长、发展，曾经的师傅、老师，在金庸、古龙的武侠小说里，到最后都几乎只存名头而已。离弃者、取而代之者，层出不穷。不管怎样，人还是要感恩。感恩是对过往自己的尊重，忘记过去等于背叛；感恩是心存善念的体现，是做人做事最基本的准则；

感恩是化解矛盾、争端的利器，多想想别人的好，多找找自己的问题，才可以开启新天地。

《小暑》里的那对师徒，很长时间断了来往，没有沟通，心里的负担越来越沉重，简单的事情也变得复杂起来。岁月使人老去的同时，也在愈合师徒两人的伤口。徒弟在处理食材过程中，回忆起师傅传授技艺的许多细节，他感悟到今天的成功建立在师傅全身心传授的基础上。感谢师恩，是他当前想要做的最紧迫的一件事。

大　暑

　　她最后一次坐到办公桌后，瞄了一眼日历，大暑，也是她生日。虽说八月才开始拿退休金，但是明天起，她决定不再来上班。既然生日已过，自己就迈入退休人员行列。

　　从七月份开始，她就对办公室主任说，不要再通知她参加任何会议。她也不再按上下班时间坐班。有时实在闲得慌，她就跑去花市看花。她不买花，也不养宠物。事实上，她几乎没什么业余爱好。

　　当初，局里搞文体兴趣组，工会女工委员拖她去练瑜伽、学书法、打太极，每个项目她都没坚持下来。她的借口总是"没时间"。女工委员直爽地让她定时间，早中晚，哪怕休息天都行，她又支支吾吾起来。其实大家也都明白，她是放不下副局长的身价。与普通职工在同一个更衣室换衣服，一起出一身臭汗，在淋浴房排队洗澡，她自己想想都可怕。

现在她有些后悔。老年大学的所有课程都很难报上，特别是像她这样什么都是"零基础"的学员，报热门的古典诗词班、书法班、国画班等难如登天。她每天都在抢课，忽然之间，明白一个道理：身份认同永远是最重要的。在局里，大家让着她，随她选，因为她的特殊地位。在社会上，人人在抢，没人让着她，因为大家共有一个称谓：退休职工。

她摸摸光滑的柚木桌面，惜别之情油然而生。大学毕业后，她调过三次工作，都是一步步升迁。四十八岁那年做了这个局的副局长，十二年转瞬即逝。她目光再一次扫视四周，拿回家的东西都拿走了，只剩下陪伴她十二年的书橱、沙发、办公桌椅。书橱里还有一些文件和书，她也通知机要处了，交钥匙后，按规定妥善处理。

走廊外响起脚步声和说话声。她看了一眼挂钟，十一点半。上午的会议散了，局领导和科室负责人陆续回办公室。她太熟悉这个场景了。以往，会议上只要局长布置她一件事，会后她立即叫科长们过来再开小会，研究落实措施。如果局长要求高、时间紧，他们会一直商量到一点钟。局长午饭后路过她办公室，催他们快去吃饭。她喜欢这样的感觉，上班的每一分钟都是充实的。以前那些匆忙的脚步声，几乎都是冲她这扇门而来。

幸好组织上给她设置了缓冲期。去年八月起，撤了她的行政职务，任命她为调研员。渐渐地，她习惯了脚步声匆匆赶往其他办公室的现状。这么多年来，她没有关办公室门的习惯，而做了调研员后不久，她一上班就钻进办公室，关上房门。同样做那些事情，批阅文件、调阅资料、阅读报刊、打打电话，可就是少了人来。

一年下来，她已经完全习惯，最关键的是过了自己的心理关。她不是喜欢打听问询的人，还是放心不下自己做了十多年的业务。最初业务科室负责人主动汇报工作进展，后来她发现自己的意见根本没被执行。就在第一回关门办公的一瞬间，她隐隐觉得心痛，好像被囚禁在这二十多平方米的屋子里了。

其实，今天她大可敞开办公室门，路过的同事们会进来跟她寒暄几句。可她刚才来的时候，顺手就把门带上了，也就没再打开的心思了。

"笃笃笃"，敲门声传来，办公室主任进来，说局长请她过去。她知道这是组织程序，起身跟办公室主任来到局长办公室。

"哎呀，赵局长，赵大姐，您辛苦啦！请坐，请喝茶。"

局长是个"80后",年纪比她小了将近二十岁,客气得很。从其他局提拔过来做一把手时,他刚满四十岁。

她明白,这是她最后的机会了,如果再不提出来,那么退休生活就会蒙上淡淡一层荫翳。喝了口茶,她刚准备开口,办公室主任拎了一个蛋糕进来。

局长笑着从沙发上站起来,把蛋糕端到她面前:"祝您生日快乐!身体健康,生活幸福!"

她连声说谢谢,接过蛋糕和一本相册。相册里满是她十二年来在单位参加各种活动的照片,每张照片下都有详细注解。一张张照片就像她走过的一串串脚印,眼眶一热,她赶紧放下相册。

"现在各项规定都很严格,也不能为您设宴,就以这个蛋糕来表达我们的心意吧!"局长说得很真诚。

她也不是要这要那的人,对这些场面上的事情,她也见多了:"你不要客气。违反原则的事情,我向来是不做的。今天是我上班的最后一天,有件事情,我想了好几天,还是想提出来,供你参考。"

局长听说此话,对办公室主任使了个眼色。主任转身离开,带上办公室门。

"您有什么要求,尽管说,我尽力办好。"

"不是我的事情。企划部的郑雷你知道吧?"

"嗯嗯，我有印象，他现在是策划专职吧？"

"是的。他三十六七岁了，到现在还在做专职。"

"您等等，我查一下。"局长回到座位上，拿出一个平板电脑，点了几下，"郑雷是他们部门后备干部，挺不错啊。"

她从局长的话里听出最近不可能提拔郑雷的意味："人到我这个年纪，就念旧。睡眠也不好，每天晚上睡不着的时候，往日发生的一切，就像电影，一幕幕地重复在眼前放映。"

局长坐回沙发，拿起茶杯，手指在手柄上摩挲："我懂您的意思，请您放心，会加快培养郑雷。请问他是您的？"

"我刚调到这里工作的时候，分管的部门负责人给我推荐了一个联系人，就是刚进局的大学生郑雷。说是联系人，其实就是做私人秘书。我们哪有资格配秘书啊？我也不喜欢被人服务，就跟郑雷交代清楚，他的岗位还在部门，正常做业务。我去外地出差，帮着订车票、接洽好就行，不必'跟班'。他很好地执行了我定的规矩，我也很关注他的业务水平，一个突发事件拉近了我们的距离。"她抬头盯着局长看，心想反正也就最后一次了，"那时，我已经独居十多年了，自己的生活一直料理得简单有序。春节时，外甥女从老家赶过来陪我过春节，这哪是陪我啊，还不是我照顾她。那天晚上外面冷，我们逛街回来，我哮喘犯了，皮质糖激素吸入剂空了。这是医院处方药，我不想去医院，但是不用药人很难受。我突然想起来，郑雷办公室有备用药。我给他打了电话。郑雷行动迅速，不到半小时就把药送上门。可他在我家坐了近一小时，说是等我症状缓解再走，其实他想跟我外甥女多说说话。两个年轻人待在一起还挺投缘，一来二去，打得火热。当年国庆节，两人就结了婚。我也很开心，为他俩证婚。我为了避嫌，也就不让郑雷做我的联系人了。他工作仍然干劲十足。谁承想，隔年夏天，两人就因为性格不合离了婚。我反复做两人工作，做双方家长工作，可他俩去意已决。唉！"

局长是个聪明人，也跟着叹口气："现在的年轻人真是搞不懂，对婚姻特别随意，就像他们打游戏一样，爱的时候全心投入，凉的时候全身而退，根本不顾及家庭、社会的方方面面。"

"虽然发生了我不想看到的事情，但我还是关心郑雷，只是他从不主动在我面前出现，尽量避免跟我打交道。我听他们部门的人说，郑雷像变了一个人。倒不是对工作，工作还像以往那样认真，而是人际关系方面。以前那个热心、乐呵、阳光的郑雷变得沉默、木然。他变成这样，很大程度是因为我。我找过他几次，奇怪的是，在我看来，他似乎没什么改变。但他回去之后，还是寡言冷淡。我又暗中使劲，帮助他找到了新伴侣。重新组建家庭后，小两口添了一男一女两个宝宝。家庭的幸福满足，折射到单位里。这两年，郑雷渐渐找回了原来的自己。不过，虽然在一幢楼里工作，他却刻意回避我。"

局长拍了一下沙发扶手："赵大姐，您怎么不早跟我说呢。刚才我扫了一眼郑雷的材料，在工作上，他很过硬。至于在一些人际关系处理方面，我们也不能说一团和气的人就能堪当大任，反而在工作上敢于碰硬、坚持原则的，难免得罪一些人呢。"

她知道此番谈话接近尾声了，即便局长今后对郑雷没有任何表示和动作，那么她也能心安了。今天，在一年中最热的、她一生中值得纪念的日子里，总算可以放下这件事了。折中地想，这也是老同志的一种举荐，局长和组织部门应该会有所考虑。

她站起身。局长看了一下手表，也站起来："哟，都十二点半了。走，吃饭去！"

他们一起到食堂。正在吃饭、吃好饭往外走的同事们看到她，纷纷跟她打招呼。她笑着回应他们，如同平日一样，只不过这饭菜吃进嘴里，感觉不出什么味道。

回到办公室，她把最后一点私人物品按进塑料周转箱。最后看了一遍办公室，把房门钥匙轻轻放到办公桌上，拎包准备离开。

突然传来敲门声。她一愣，放下包，喊声"进来"。

郑雷走了进来，手捧一束鲜花："赵局长，哦，阿姨！祝您生日快乐，身体健康！退休生活丰富快乐！"

她说声谢谢，收下散发着香气的鲜花。本来她不想跟郑雷说什么的，但他既然来了，那就说说也好。

"你来得正好，我有话对你说。刚才我在局长跟前推荐了你。"她脸上笑盈盈地，轻松自信。

"很感谢您！让您费心了。"郑雷也淡淡地笑着，"不过，已经没什么意义了。上午我向组织部提交了辞职申请，在那里得知您今天最后一天上班。"

她呆在那里几秒钟，紧接着追问："为什么？你在想什么呢？"

郑雷还保持微笑，只不过语气越发稳健："其实，离婚后，我就想辞职。离婚和辞职的原因，都是一样。在家里，她拿您做利刃和盾牌；在单位，大家站在您的角度，看我笑话，出我洋相。经过细致思考，我选择了隐忍。不过，我不能让别人看不起，这几年一直在探索新的人生道路。现在一个好机会摆到了我面前，到了该证明自己能力的时候了。我已经不再年轻，更不能坐失良机。巧的是，您和我几乎同步迎接新生活。当然还是要感谢您，您默默地真诚地关心着我的生活和工作。"

郑雷退后一步，向她深深鞠了一躬，然后转身走出办公室。

她长长舒了一口气，也不想问郑雷今后的去处。"管他呢！"她自言自语道。几朵太阳花作为配花搭在花束里，有红的、紫的、黄的，大暑天，它们开得正鲜艳。

她关上办公室门，开始琢磨怎么才能抢到老年大学名额的事了。

——大暑——

| 人生易老天难老

熟悉的人，相继退二线、退休。尽管同事、朋友们聚在一起时互相说，你没变、他不老，可这只是我们自己的感受。电梯里越来越多陌生年轻的面孔在向我们传递信息：人的老去是一件自然不可逆的事情。他们或许还在叹息青春年华难追回。

人生易老，如白驹过隙，倏忽而已。天难老，薪火代代相传，接力棒从我们师傅的手上传递给我们，我们再传给年轻人，社会才永葆活力。

师徒之间总是有感情的。之所以产生师徒反目、绝交的案例，大多受了"贝叶斯理论"影响。比如，师傅常做某件事情，起初对年轻的徒弟无害。随着徒弟年纪增大，师傅做的那件事，渐渐变得"有害"。而这种"有害"堆积，产生越来越多的"证据"和"数据"，使徒弟的认知不断"更新"和"提升"。初始的无害，已造成对徒弟的真正"伤害"。需要注意的是，案例中，师傅并没有做错什么，他习以为常，习惯成自然。徒弟也没错，只是他在变化，各种能力在提升。"敏锐"在此时演变成"过敏"。徒弟通过"贝叶斯理论"，计算着自己成功的概率。一旦数值低于预期，普遍地会从师傅身上找原因：关心不够、举荐不足、未尽全力等。师傅自然也有另一套"贝叶斯理论"：徒弟言行疏离，渐行渐远是大概率的事了，何苦再勉强？"心结"就这样牢牢拧住，难以化开。

《大暑》叙述的就是两代人之间（类似师徒之间）的故事，更是"心结"形成、发展、解开的过程。"她"即将离开职场，"心结"必须解开，不然退休生活不得安宁。职场讲究的是"规矩"，可到了"她"这一步，"规矩"自然瓦解。随之而来的是对矛盾、问题的再认识。"放下"这两个字，似乎只有到此时才对"她"起作用。放下姿态、放下包袱、放下顾虑等，总之，职场生涯的最后一天，还不能全都"放下"。故事的结局，我试写了好几遍，总是不甚满意。开始，我偏向"师傅"，后来又倒向"徒弟"。终于，我想出了"两不相欠"的结局，这实在是要感谢我观察到的现实生活。因为，好多身边人，最终都选择了"和解"：与他人和解，与自己和解，然后淡然处世。

辑三　秋之韵

立 秋

打开房门，湿热空气立刻包裹住她全身。楼道灯坏了，她摸着墙，借窗外微光，探步下楼。单元门半开着，一侧身，她钻到室外。路灯孤单地亮着，万物正在即将醒来的酣睡里。她挥动双臂、扭动腰肢，来到小区小桥上。压腿、拉伸、活络关节，一会儿，汗珠冒出来。她深呼吸几下，按下运动手表跑步功能键。

一片法国梧桐叶晃晃悠悠地随风飘落，她盯了一会儿，眼前更多树叶落下。微风吹来，笼罩马路的暗，散开了些。手臂震动一下，一公里到了，她瞄一眼时间，六分钟，摇摇头，不是很满意。抬头的瞬间，头有点涨。昨晚没喝酒啊！还是躺下后乱七八糟想事情，入眠晚、睡得差的原因。

四个人，闺蜜夫妻，还有她和那个老头。闺蜜选了小包厢，方桌，老头见她进来，立刻手扶桌面站起来。她觉得他站起来的过程有点像挺举。她没跟老头握手，轻轻把包挂在椅背上。

"Y 先生是著名企业家、×× 上市公司董事长的父亲。"闺蜜老公的介绍直奔主题。

老头倒比较谦虚："那是我儿子的事业。我退休前就是一个普通公务员。"闺蜜老公拔高声音："普通？环保厅处长可不普通啊！"

闺蜜制止老公："行了行了，先点菜吧。"

她在心里暗自盘算，老头的岁数加八岁，就跟母亲年纪相当了。

"怎么不动筷啊？这都是你喜欢吃的啊！"闺蜜给她夹了一片鳜鱼肉，转头对老头说："她可厉害啦，跑马拉松的。"

她已经习惯了，职业靠后，爱好突出。后者渐渐成为她最重要的标志。

两公里后，她跑进龙湖公园，清新湿润的空气让她感觉好起来。龙湖是活水，几条河流汇集到上游，在山谷里形成九曲十八盘的龙形。龙身上修了几座桥，环湖就有了小圈、中圈、大圈之分，分别是三公里、五公里、十公里。昨天她计划着大圈跑两圈，加上马路上的两公里，基本是一个半程马拉松了。春天半马比赛，她跑出一小时四十分的最好成绩。有了跑长距离的念头，晚上不管多晚睡，睡得好不好，清晨四点准时醒了。借卫生间白灯光，她静静打量镜中的自己，脂肪消失后，眼睛大得出奇，更为突出的是高颧骨，灯光在颧骨上形成光斑，像个越南妇女。

粗柏油路面微湿，模糊人影不停震颤，像极了某些夜晚她抱住枕头啜泣。昨天晚上她没有流泪，只有叹气。自己已经到了只能配对孤老头子的地步。

闺蜜介绍她在市一中工作，她怕老头误解，赶忙摆手。"我不是老师，在总务科工作。"她还想补充说快退休了，服务员上菜，打住了。

老头说带了高档红酒，请她品尝。闺蜜替她解释从不喝酒，他们三个喝起来。一瓶很快没了，又开了一瓶。

老头话渐渐多起来："我也喜欢跑步，现在跑是不行了，可还是每天坚持走路五公里。"

闺蜜老公插嘴："你身体真棒。"

老头三杯红酒下去，眼睛一闭，头摇晃着吟起诗来。闺蜜老公鼓起掌，称赞是好诗。闺蜜狠狠瞪了老公一眼。

"到了我这个年纪，什么都想通了，就做些自己喜欢的事情。书法我喜欢苏黄米蔡，国画我佩服明四家，至于诗歌，我欣赏'孤篇盖全唐'的《春江花月夜》。"

其实，她是喜欢"浔阳江头夜送客，枫叶荻花秋瑟瑟"

的，可老头一吟诵，她浑身就起鸡皮疙瘩，胃也难受起来。

五公里到了，速度也上来了，她正沿湖往深处跑，一些山峰顶部开始发亮。五公里！她摇摇头，汗珠滚落，东方泛白。

学校师生都知道她长跑厉害。体育老师请她给学生们讲长跑要点，她拒绝了好几次，理由是自己不懂理论知识。后来学校搞元旦长跑，她带着教师、学生们慢跑了五公里。她觉得刚热身就结束了，可包括体育老师在内的好多人都气喘吁吁。

立春那天清晨，她刚跑进龙湖公园，一眼看见体育老师穿着白色运动服在做体操，动作规范有节奏。她打了招呼接着往前跑，体育老师追了上来。

"每天坚持跑步真要有毅力！"

"习惯了。"

"一般一天跑多少啊？"

"有多有少，一个中圈或者一个大圈。"

她把速度降下来，即便这样，两三公里后，体育老师只能喘气，说不出话，落到她身后。后来她听见体育老师大喊一声："我在门口等你！"

第一大圈快跑完时，湖面波光粼粼。她没有停步，喝几口水，加快步伐，完成第一圈。看看手表，还在一小时内，成绩还算可以。

不管跑哪里，快到心中定下的阶段目标时，她总要冲刺一下，这是"一骑绝尘"教的。

有一阶段，她老是拿体育老师和"一骑绝尘"比较，越比越觉得体育老师职业水平差。

跟体育老师跑了几次龙湖，吃了几顿饭后，她走在校园里，就有人对她窃窃私语。

体育老师很坦诚，离异单身，无不良嗜好，有房有车，退休有保障。可她很犹豫，跟闺蜜聊起体育老师。

闺蜜说："没大钱怎么娶你这个大美女呢？"

她问："我有那么美？"

闺蜜说："美得有那么一点坏！"

"我就是敏感点。"

"我帮你找个有钱、儒雅的。"

"我倒不是在意是不是有钱人，这么长时间一个人过，到了这个年纪，突然开始害怕起来。"

"你怕什么呀？身体这么好！"

"我跑步就是因为害怕啊。"

闺蜜最后点点头，总结说："还是可靠最重要。"

体育老师没什么不好，可也没什么特别。她一直拖着，他们之间不咸不淡的。

同在一个学校，有些消息就会被放大。不仅总务科同事知道，有些老师、同学也知道了她和体育老师的事情。

一天，她收到一个被折成正方形的字条。上面字不多，也很含蓄，却字字戳她心窝：体育老师上课欺负女生。

她没有告诉任何人，她要看看体育老师的第一反应。

她约他在篮球场见面，把字条折成原样递过去。体育老师笑眯眯地轻松打开字条。瞬间，他快速眨眼睛，手指狠搓字条。不到三秒钟，恢复常态，他笑得更加自然。

"哎呀！这是谁啊？这玩笑开的，哈哈哈。"

"好的，你没有就好。"说完这句话，她转身离开，把体育老师扔在空无一人的篮球场上。

第一大圈完成，她看了下成绩，同时想到昨晚闺蜜老公说的老头身体好这个梗。汗水蒸发出来的气味，混合到木叶蒸发出的味道里，产生轻微刺激感。似乎，引起她反感的，还有老头身上散发出的酸腐味。是的，老头和体育老师都不能跟"一骑绝尘"比。

她几乎天天跑龙湖，被一群人硬拉进跑步小组，群主名字叫"一骑绝尘"。

她潜伏在五六十个人的群里，只看不发声，群里活动也不积极参加。她喜欢上跑步，就是因为这是孤独的运动。跑步是极其私人化的事情，不受时间、地点、同伴、器具的影响。她习惯一个人工作、生活。当初在当学校印刷厂打字员兼照排工的时候，领导、教师扔下材料走了，只有她默默地在宽大陈旧的厂房里一做就是半夜，陪伴她的只有一杯凉白开。

"一骑绝尘"话也不多，发的东西都是与跑步相关的。她认真地看他每次发的技术要领、饮食须知、心理疏导、训练指南等，发现那些文章都是"一骑绝尘"原创的。按照他文章里的方式方法，她不仅跑步速度提高，膳食均衡，心态也平稳许多。

她在网上找"一骑绝尘"的个人资料。瘦高个、长方脸，总是挂着微笑，特别是眯眼望前方的样子，似乎任何困难都能被跨越。他全程马拉松的最好成绩是三小时四十分钟，可他还谦虚地认为，通过系统训练，还能突破平均配速五分钟大关。她突然想要跟他聊聊，这样的想法一天比一天强烈。

一天清晨，她刻意等了等，加入跑步小组大部队一起跑湖。她没有见到"一骑绝尘"，问其他队友，了解情况的跟她说，群主早上没时间，经常夜跑龙湖。

第二大圈开始没多久，树梢间有了跳跃的光线。

"跑到十三四公里，人最困难，要想办法调整呼吸和步幅，用最小的消耗，顶过最难的阶段。""一骑绝尘"跟她说话的时候，一轮满月爬上中天。她意识到中秋节快到了，又将是一个人过的团圆节。她把头低下，调整呼吸，努力跟上"一骑绝尘"的步伐。

那阶段，她推掉体育老师的所有邀请，天天晚上在龙湖跑步。"一骑绝尘"不是每天都来。来了，碰到了，打个招呼，有时一起跑一段，有时一开始就分开跑。她不想拖后腿，对他做出加油手势后，示意他全速向前。渐渐望着他远去的背影，她感觉有一个念想在前面晃，究竟是什么，她也说不清。幸福的是，他们此刻跑在一条路上。

这样跑了半年，终于在一个雪夜终结。与往日不同的是，"一骑绝尘"戴着帽子和手套，放慢速度，陪她跑完一大圈，还邀请她去湖边咖啡馆坐坐。热量不知从哪里涌出来，她兴奋得满脸通红，汗水湿透发根。

他们坐靠窗位置，雪早就停了，内外温度强烈对比，让时间凝固，万籁俱寂。

"我要去别的城市了，感谢你这么长时间的陪伴。如果……"他停顿片刻，眼睛盯住窗外洁白的雪，"可是，人生没有如果……你，你要好好的。"

虽然遭受猛击，但她还是控制住自己，以尽量正常的语气回答他："要感谢的是我，你给了我这么多指导，我成绩提高得很快。"

"十年来，我们每隔一段时间就去别的城市。"他喝一口红茶，"房子租期到了，我和老婆商量下来，不再续租了，我们在春节前换到南方城市居住。"

她双手捧着比酒盅大不了多少的茶杯，生怕拿不稳有闪失。

"一骑绝尘"继续说："她患了运动神经元病，'渐冻人症'。麻木正一寸一寸从下往上慢慢侵蚀身体，但她思维又格外清晰，眼看着自己被埋进土里，却无药可救，就痛苦不堪。"

她隐隐听见自己骨头发出咔嚓咔嚓的声音，关节不能弯曲，肌肤没有感觉。"我能深切体会！我丈夫患脑瘤，瘤体包裹住脑动脉，手术切不干净。后来瘤压迫运动神经、视觉神经、听觉神经，眼看着他手动不了、眼睛看不见、声音听不见。这种折磨让我想起'生的痛苦'来，更多想到'死是容易'的。那段时间，我酗酒、抽烟，简直不敢想象明天会怎样。后来，最可怕的日子真的来了，我倒麻木了。再后来，跑步给了我全新的体验和希望。"

"所以啊！""一骑绝尘"给她斟满茶水，"我们想到了'生的质量'，在她有生之年，我带着她从这个城市住到那个城市，每天早晨，我推着轮椅，到湖边、楼顶、桥上，让她看到生生不息的日出。喜欢就住久些，可都不超过一年。"

"那你们的孩子呢？"

"儿子已经长大，他的事情不用我们操心。每周我们视频通话一次。过节，他会来我们住的地方。"

她突然很想很想在南方读研究生的女儿。关键是，女儿的事情，她一点都关心不到。最近一次视频聊天时，女儿劝她找个伴儿。她愣了半天才反应过来，女儿不会回来了。她抱住枕头哭了半夜。

"我们现在的状态，就像跑过极点那样。她身体只会越来越糟，可内心却越来越坦然，她说是因为有我。简单才能幸福，复杂会干扰幸福。"

在咖啡馆门口，"一骑绝尘"跟她握手道别，表示还会在群里关心她和其他人的跑步和生活。

到龙湖最深处，她已经跑了十七公里。折返的一瞬间，与跳出湖面的太阳撞个正着。

一缕新光斜射而来，她眯起眼，咬咬牙，奋力往前跑。突然，她发现自己正微笑着穿越林荫道。她不再害怕。

——立秋——

| 孤独的力量

尼采说过很多关于孤独的名言，有些感觉是后人附会，而这几句，很具尼采个性："当我到达高处，便发觉自己总是孤独。无人同我说话，孤寂的严冬令我发抖。我在高处究竟意欲何为？"

是啊，我们到达高处，意欲何为呢？这么冷清，无人喝彩。命运总是差强人意，往往越往前努力，却发现结果是在倒退。人生实在是痛苦呢，即便人前风光无限，背后也是心酸。

内心才是一切的答案！选择什么样的目标，并为之奋斗，这是大多数人所理解的人生。还有些人，选择在"瓦尔登湖"畔栖居，每天从清晨到夜晚，对着湖面，天马行空地遐想。这也是由心出发的人生选择。

不管哪种选择，人生总要度过。说长挺长，说快真快。孤独始终陪伴，不要说呼朋唤友、情深似海、促膝谈心会遣散孤独。孤独来自内心，与任何表现形式无关。

《立秋》里的"她"，把业余时间用在长跑上。她几乎每天都跑，绝大多数时间，一个人孤独地跑。她跑过四季，跑过人情冷暖。生活看上去对她不友好：丈夫离世、女儿远离。追求她的人，都有不可忽视的缺点。她追求的人，近在咫尺，却遥不可及。她试图通过长跑忘记、抛弃这些负面影响。从脚底生发出的力量，让她有了一点点人生"奢望"。她在粗重的呼吸声里，在快速有力的心跳声中，享受到孤独的快乐。甚至在某时某刻产生了幻觉：那是只属于她一个人奔跑的道路。她这样认为：最艰难的阶段已经挨过去，冲向终点，又有什么问题呢？最重要的是，直面自己的内心，让孤独清扫尘埃，让痛苦积聚力量。

处 暑

　　他放下笔，拿起纸，端详着散着墨香的几个字：岁月与河流。字体饱满，他很满意。五年前动笔写这个长篇，今年稻谷丰收的时节，终于完成了。他用毛笔写下书名，钤下自己的印章，纪念第一个长篇小说的诞生。说来很惭愧，他快七十岁了，一辈子舞文弄墨，才完成长篇小说处女作。

　　"那是毕生心愿啊！"他安慰自己。抬头看看窗外的桂花树、石榴树，在阳光下显得格外鲜绿。房子的另一面，有几片小菜地，他提醒自己不要忘记傍晚为蔬菜浇水，已经好多天没走出屋子了。不过，现在，他放松下来，泡了一壶绿茶，打开电脑，浏览一遍刚写完的长篇。他没细看内容，只是把缩放比例调到50%，326个电子页面，两三秒钟换一页，短短十几分钟，便从岁月的起点流到了终点。

那些乌黑的,像蚂蚁一样的文字,熬尽他心血。每一个人物、场景、对话,都在他胸中酝酿、修改很多次。每个字都是他孕育出来的孩子。他清楚,这是自己的第一个,也是最后一个长篇。他无所顾忌地把一生积累的所有素材、感悟和遗憾倾泻而出。写作时,常处于亢奋、癫狂状态。黑夜或者白昼,对他来说并不是个问题。天黑了又白,白了又黑,他想不起来睡觉了没,吃饭了没。原来在城里,女儿史明明还请了一个阿姨,每天上门搞卫生,做一顿饭。五年前,他把城里的房子卖了,在长江边上租了一个农民的房子,再也没人来打扰他。

他文化水平其实并不高,在应该上学读书的年龄,插队下了乡。恢复高考后,他以二十六七岁的年龄参加了两次考试,却都没有考上大学。回城之后,被安排在手表厂工作,他对精密仪器产生了兴趣,经过努力自学,成为行业的计量行家。业余时间,他给厂里写新闻报道,给报纸副刊写散文,给计量杂志写专业文章。写作给他带来了生活和工作的两个重大变化。一位局里的女宣传干事景津看中了他,后来成为他的妻子。市报社扩编办晚报、商报,把他招了进去。

326个电子页面翻完,他突然觉得脑子里一片空白。刚刚轻松的心情被恐惧代替:谱写完了生命乐章,今后的日子怕是再也无意义了。景津常跟他说："你老是写豆腐干文章，怎么就写不出交响乐来呢？"茫茫人海，看上去平淡平静，每个人却都尝到内中的血雨腥风。每次，他都想跟景津说："我无时无刻不在构思鸿篇巨制，但是，我真的还没有准备好。"突然有一天，他觉得可以了，就义无反顾地开始建设这项人生最重要的工程。

他转回头，望见简易书架上一排黑皮软抄本。每年一本日记，从踏进报社大门起，直到退休，连续记了三十年。写《岁月与河流》时，每当脑子里隐约有所触动，便连忙翻阅那些黑本子。经常地，他看着简短记录着的事件，一些细节立刻浮现出来，就像昨天刚发生的，可日期却表明，时间已过去了十几年。日记内容大多记工作，工作中又以会议最多。重要的会议，他记了领导讲话的重点。大多数会议，他都只记一个会议标题。工作之外，记得最多的是读书。进报社后，他被分在商报跑工。他阅读了好多经济学的书，像《资本论》《博弈论》《国富论》《微观经济学》等，都在黑本子上记下一些经典名言。当然，每次发表自己的文章（除新闻外），也要记一笔，注明报刊日期、版面。排在这之后的，才是他的日常生活。他习惯用春秋笔法，往往一两句话把生活里最重要的事标过，比如"上午，支部会做检讨"，"女儿中考。骑车送她，大雨"，"竞聘主编落选，喝了白酒"。那些句子背后，都是一个大事件。隐藏在黑本子里的，是他的生命暗语。他把它们挑出来，排了整整五张 A4 纸。

他把 A4 纸贴在墙上，从头读到尾，他发现一生中的不如意远远大于得意，痛苦远胜于快乐。《岁月与河流》故事的走向也就显现出来了。一步一个脚印地往上攀登很困难，往下掉落却很容易。副总编，成为他职业最高峰。为此，他努力了十年。而四十五岁竞聘总编失败后，一连串的溃败开始了，被调去印刷厂做副厂长、史明明高考失利、卖掉房子投资股市、正高职称评选未果、印刷厂业绩滑坡被问责等。但这些都不是他人生的谷底，最痛苦的莫过于景津的离去。那刻骨铭心的日子里的一页，被他撕去了。

他永远无法忘记，景津被推进手术室的那一刻还对他微笑。是的，像胆囊切除这样的小手术，中午就能完成。他通过关系找到了这个著名医院外科手术的"一把刀"。每次胆囊炎发作，景津都疼痛难忍。他和景津都希望通过手术彻底解决问题。他在手术室外等了半天，不见动静。他找到院长也没用，手术室谁都进不去。下午开始，他狂躁不安，不祥预感充斥脑子。他尽量往好的方面想，想山山水水、神话传说，在心里拜托东西方各路神仙保佑。手术室的门终于在晚上打开，"一把刀"走过来对他说，一切都很顺利。他悬着的一颗心终于落定，但是，他没见到景津。
"一把刀"的助手说病人被送去了重症监护室，他的脑袋"轰"
的一声炸开，开掉个胆囊说什么都不至于送去重症监护室
啊。他在外面探头探脑，动用所有关系问询。没多久，听
到医生叫景津家属。他奔过去，接到手上的却是一张死亡
通知书。他拒绝签字，叫嚷着要"一把刀"出来解释清楚，
愤怒地咒骂着。但是，他内心知道，现实就这样残酷地摆
在了面前，已经无法改变。

　　一开始，《岁月与河流》的定位是描写他这一代人的命
运，写着写着，自然而然聚焦到自己和家庭上，成为一部
半自传体的作品。也正因为如此，如何处理好现实与文学
作品之间的关系，被他摆到了最重要的位置上考量。写作
困顿时，他坐到长江边的石头上，看奔涌向东的潮流，听
惊涛拍岸的声响，不知不觉中，一天过去了，一夜过去了。
郁结在心头的愁苦、悔恨，渐渐消解开来。没有人敌得过
时间，一切都是自然的安排，人并不能改变什么。既然不
能改变什么，那么就没必要这么顶真了。女主角的命运，
被他安排了好多遍，最终，他没有按照景津的真实事件写。
他用了一种手法：小舟从此逝，沧海寄余生。

　　中午的太阳特别耀眼。他走出房门，知了还在杨柳树
上不停地叫着。不远处的江面上，一艘货轮正缓缓驶过。

他走了几步，脚下软软的，气有点喘。身体毕竟越来越老化，衰败是必然的。还好，他挺过了最困难的日子。最后成稿的日子里，他几乎不出门，渴了喝点瓶装水，饿了啃几口保质期很长的超市面包。这也是一个人独处的好处，没人来管、来烦。女儿想管，可她工作越来越繁杂，还要照顾孩子，实在管不过来。史明明没进好大学，只念了一个大专。毕业时，他想办法把女儿安排在了报社工作。文凭不过硬，只能做辅助工作。看着记者们整天奔东跑西，她却只能在电脑前打字、排版，还要上三班，渐渐地，心态变成中年妇女的样子。她嘴里，别人都是有问题的。次数多了，连他也觉得那些同事和善的外表下，隐藏着一颗不真诚的心。景津看出了问题，多次跟他说，最好的解决办法是赶快让女儿结婚。婚结了，外孙子也很快诞生。忙碌的生活让史明明怨言少了很多。但是，他和景津又觉出另一种不好。小两口几乎什么都不管，把他家当成食堂、托儿所。景津住院期间，外孙子幼儿园接送，仍由他负责。在女儿女婿身上，他读出了"精致利己主义者"几个字。他们都是独生子女，父母在家庭中一切以他们为中心。在学校、单位里，他们善于察言观色，以维持最有利于自身的境况。他们最容易抛弃或者遗忘的，是传统文化的精髓：诚信、善良。他知道已经无法改变他们，只有选择自我逃避。

景津去世后，他跟史明明长谈一次。报社多媒体、融媒体化后，以前打字排版工作自然面临淘汰，史明明已成为报社网站的编辑。各大网站经常引用由她编辑制作的文章、视频，工作靠前、工作量增大，也在悄悄改变着史明明。谈话时，他播放卡朋特兄妹歌曲作为背景音乐。他说 *Close to You, Yesterday Once More, Top of the World*（《离你很近》《昨日重现》《世界之巅》）等，都是景津当年最喜爱的歌，她还喜欢戴上随身听跟唱。哪怕是歌曲前奏响起，他都能瞬间想起当初与景津在一起的场景。

"你妈欣赏卡伦歌中流露出来的忧伤。她一直认为，伴随生活的总是淡淡的忧伤。所以，她一生优雅，做事留有余地。"

"可妈妈留给我的却是无尽的悲伤。"

"现实总是不尽如人意，甚至残酷。不过，既然生活在继续，我们就要面对。"

"官司都打了这么几年了，还是没有什么实质性结论。我们要真相，难道就这么难吗？"

退休之后，他还一直被这件事拖着，觉得精疲力竭。"你妈生前经常笑我，做了一辈子文字工作，却拿不出一部像样的作品。现在，我已经是秋风里的蟋蟀，我要用好最后的时间，尽力鸣唱。要知道，这是我一生最大的梦想。"

史明明站起身，调大音响音量。

Not a cloud in the sky got the sun in my eyes and I won't be surprised if it's a dream.（天上没有一朵云，太阳照在我的眼里，如果这是一个梦，我也不会感到惊讶。）

卡伦的歌声流淌而出，这是他熟悉的旋律。他告诉史明明，卖掉房子的钱，全都留给外孙子。他用退休金在长江边的村庄里租个房子住。

"好的文学作品，都与河流有关。"他自信地告诉史明明。

出汗后，他才发现自己还套了一件夹克衫。脱去外套，他缓步走到江边。初秋的江水泛着奇特的淡绿色，星星点点的反光使他眯起双眼。可他还是小心翼翼地走到江水漫上来的浅滩，掏出那张写着"岁月与河流"的纸，默默念着景津的名字，放入江中，那张纸浮在水面，一曲一折地向江中飘去。渐渐地，他眼里产生光晕，各种颜色跳起了舞。

——处暑——

| 重组随风而逝的往事

最近发现自己喜欢说往事，自认为讲得生动、不可自拔之际，年轻人悄悄玩起了手机。我戛然而止，接着沉默无语。总是沉浸在过去岁月里的人，终究是老了。对未来的期许不再强烈，无需有激进举动。时间看似一支射出的箭，过往不可追回、不能重来。然而，历史却开着时间的玩笑，惊人相似的场景，重复上演了若干回。

不过，夜深人静的时候，难免还会追忆往事。普通人经历的大多是杂事、小事，个中艰辛、酸楚、甜蜜，在回忆中竟然自然加上"滤镜"，记忆顿时变得柔和、光滑，不再那么刺痛、狂喜。这是人对生活的妥协，还是患上了"虚假记忆综合征"？心理学研究表明，记忆从来都不是很准确，而且时间越久，不准确的地方越多。毕竟，记忆会屈从于我们当前的态度和价值取向，再加上外在干扰因素实在太多太复杂。我认为，成年人的大脑，一直致力于做让人身心舒适的工作，不间断地进行精神调适。如果看清这一点，那么，我们对往事不应该有太多眷恋，就让它随风而逝吧。

我们有时还是不甘心。除了回忆，还有创造。比如我在《处暑》里写的"他"，毕生精力都投入文字工作中，到老没有创造出一部属于自己的作品。于是，他决定从"如风往事"中撷取素材，创作"半自传体"长篇小说。与"他"相似，不少中外作家的作品直接取材于现实生活，有些甚至只换地点、人名，情节基本不变。这样的好作品比比皆是，直指人心。我印象深刻的是汪曾祺的《涂白》，三百字不到，就把天、地、人、物打通了，这是最朴素的生活白描。"他"在退休后终于完成第一部长篇小说《岁月与河流》。书名是我向沃尔夫《时间与河流》、格罗斯曼《生活与命运》两部巨著的致敬，伟大的作品都是以普通人、普通家庭为叙事对象，生动展现历史画卷。我希望《岁月与河流》里虚拟的人和事，不会在现实中随纸片沉入江中，而在每位读者心里熠熠生辉。

白 露

　　他穿了一件白色短袖衬衫就要出门，被妻子叫住。

　　"你这是去同学聚会，不是去上班！来，换这件。"妻子扔给他一件紫色 T 恤衫。

　　"这颜色，我穿不出去。"他摸摸板寸头。

　　"为了儿子，你也得穿。还有这个。"妻子交到他手里一盒云南野生菌，"记住喽，喝了酒不要叫人家周董事长绰号啊！"

　　"这样的聚会我本来不愿意去，你非要我去。"他叹口气，换衣服，拎东西，出门。

　　周末地铁上人不多，有空座位，他坐下后，开始打游戏。手机里的游戏都是学员们帮他下载的，只要空下来，他就玩。他不联网与其他玩家打，就人机对战。很多年前，他有一个俄罗斯方块游戏机，有十二个等级。八级以上，那些形状各异的方块下暴雨般落下，其他人最多打到十级，他能打通关。现在他最喜欢的游戏类似于俄罗斯方块升级版，关卡无穷无尽。他感觉特别有成就感。过关间隙，他有时会想到"周扒皮"，不要看现在周董事长人模人样、威风凛凛，那时的"周扒皮"连第八关都打不过。

又过了一个难关，地铁正好进站，他轻松地领受奖励，金币一枚接一枚装进游戏钱包。

自动扶梯缓缓向上，他把手机装进口袋。突然觉得手里少了什么。糟了！送周董事长的野生菌礼盒忘地铁上了。

看着他指手画脚冲列车走的方向喊，车站长通过电台跟车上巡逻人员联系，让他们去查看一下。

等待车上回音的时间漫长。第三辆列车进站，感觉那盒来自妻子故乡的特产，肯定丢失了。他呆呆地站在通道中央，上下车的人们绕开他走，在他身边形成一个旋涡。

站长跑过来，把他拉到楼梯边上，告诉他东西找到了，已经交到前面第六站上。

他一手拉吊环，一手想伸进裤兜拿手机，"啪"地脑子里响了一声。他不敢再摸手机，抬头望着列车前进方向电子示意图，一个小绿点在闪动。他不能有心事，不然睡不好、吃不香。

车窗映出他黝黑瘦削的脸。如果儿子的事情不解决好，恐怕自己还得瘦下去。

一次聚餐时，一个领了驾照还一直跟他联系的胖徒弟透露自己的父亲是某大型企业负责人。他听后记住了。

今年，儿子三加二大专毕业，到现在找不到工作。原以为学财务，工作好找点，最差做出纳跑银行，现实却是财会人员遍地开花。

妻子天天唠叨，让他托人帮忙。

"我不是本地人，都问了好几个朋友了，你倒好，天天晚上要么看电视，要么捧着手机玩游戏。儿子也是个闷葫芦，什么事情都不跟我们说，我都快急疯了。"

"我一个驾校教练，哪有什么关系啊？"他举起手机的同时想到了胖徒弟。

他约胖徒弟到一家港式茶餐厅吃饭。胖徒弟胃口真好，小笼屉堆得比头高。他只顾喝啤酒，喝完两瓶才扭扭捏捏向徒弟提出请求。

"师傅，你也不早说！都什么时候了，单位招工都结束了。"胖徒弟喝着橘普茶摇头。

"那你给我出出主意，该怎么办呢？"他得抓住眼前这根稻草。

胖徒弟当天没表态，然而他心理产生了重大变化。就在他提要求的一瞬间，角色完全倒了过来。练车时，他让胖徒弟打方向、刹车、启动，语气坚决严厉。即便胖徒弟拿到了驾照，他的严肃依然持续着。现在，师傅的尊严荡然无存。他恨不得在给胖徒弟发信息时，加上敬语"您"。

隔了三天，胖徒弟给他打电话，说约了父亲单位人力资源总监当晚在一个五星级饭店西餐厅见面。他一边接电话，一边指挥着学员挂挡、倒车、打方向、刹车。车虽然一顿一顿的，可他内心顺畅、舒坦。

他带着儿子的简历进了西餐厅。胖徒弟和总监已经各自点好菜，还叫了一瓶法国红酒。服务员请他点餐，他随口说跟胖徒弟一样。一瞬间，他瞥见那两人把笑硬压住。

主菜没上前，总监随手翻翻简历，痛快地答应了下来。

他简直不敢相信自己的耳朵，连忙倒了红酒敬总监。总监微微抿一口，去了卫生间。

胖徒弟轻声提醒他："人家这么爽快答应，你还不'表示表示'？不要拎不清哦。"

他点头如鸡啄米："我怎么知道这么顺利？什么都没准备啊！"

胖徒弟指指自己手机，伸出一根指头。他咬咬牙，两三秒钟，给胖徒弟转过去一万块钱。

牛排很嫩，煎得又到位，这是他吃过最好的牛排。三人频频举杯，总监又讲了几个段子。他都是等胖徒弟笑过之后，才反应过来，哈哈大笑。

他抢着结账，结果他并不富裕的账户上又少了六千六。走在回家路上，他恨不得打自己脸，自己竟然一次吃掉了两千块钱！

接下来的一周，他每天都以极其谦卑的口吻，询问胖徒弟事情进展。他表示儿子都在家，任何时间都可以去单位报到。

胖徒弟开始还接电话、回信息，后面几天没了反应。他急得曾在一个小时内打了胖徒弟二十个电话。

终于，胖徒弟回了他电话，让他不要着急。不过他儿子属于"特招"，还得"摆平"单位分管领导。这次打钱的时候，他犹豫了几分钟，脑子里出现了一些反对声音。他让学员停车，蹲路边狠狠吸了三支烟。一咬牙，又打了一万块钱过去。一只乌鸦呱呱叫着从他头顶飞过，他感觉到一丝凉意，心里产生不祥预感。

之后几天，除了睡着，他都把手机攥在手里，一有信息或者电话，他心里就猛一哆嗦，快速地看手机，得到的全是他不在意的消息。他脑子里盘算着胖徒弟与总监正一步一步地推进落实着儿子的工作。忍不住的时候，他会发信息、打电话给胖徒弟，对方回得很少，接电话更少，不过给说法很明确，这事完全没有问题。于是，他继续等待。儿子的同学们一个接一个上了班，妻子焦躁起来。他安慰她，大公司程序复杂，一旦被录用，比那些同学的单位强上十倍。

话是这么对家里人说，他的担忧却随着时间推移加剧。胖徒弟第三次让他打钱时，他终于省悟，这是一个骗局！他恨胖徒弟，也恨自己。他跟胖徒弟说支付宝、微信捆绑的卡里没钱了，要问妻子拿钱。他们约好隔天上午十点在银行门口碰头。

他请一位警察学员一起去，并且报了警。就在胖徒弟接过他手里钱袋子的时候，警察把胖徒弟扭住，带进派出所。

不到一刻钟时间，胖徒弟全都说了。警察学员告诉他，胖徒弟与那个所谓总监，都是无业游民，平时在各种场合吹嘘能耐大，以钓到有需求的鱼。他不算大鱼，也不算太小。两万块钱被两人三周内用个精光。

胖徒弟和搭档进去了。他在烈日下走了两个小时，不喝一滴水，不吃一点东西。到后来，他意识模糊了，似乎行走在春天的花园里，到处都是他喜欢的颜色和香气。他笑了，一切烦恼都离他而去。眼前一黑，他昏倒在地。

天凉快点后，他心情稍微平静些。同学群发了一个聚会通知。以往同学聚会，他几乎不参加。同学们在一起，聊政治、经济、国际、文化等大事要事，他搭不上话。他们说的事业，他也只在电视剧里看到过。特别是周董事长，声称自己公司就要上市，他就更摸不着头脑了。

好久没见到周董事长，不知道他公司目前的状况。妻子敏锐地提醒他，既然跟周董事长有这么深的少年情谊，必须去联络感情，说不定能解决儿子就业问题。

地铁隆隆向前。他右手紧握栏杆，左手拎牢土特产，脑子里想着怎样跟周董事长套近乎。这方面女同学有先天优势。有个女同学做劳保用品，吃一顿饭，就推销给周董事长公司五百套防暑降温用品。他知道，女同学在学校的时候，跟他和"周扒皮"都没说过几句话，可她一发嗲，周董事长乘着酒兴一口答应了。

他不会发嗲，也不会煽情，说重要的话，还得抽烟，不然紧张。想来想去，终于找到一个突破口。"周扒皮"从小喜欢吃土豆，炒、炖、蒸、煮各式菜，只要里面有土豆，全被"周扒皮"吃个精光。

"哎！老周啊！"他预演的时候，觉得周董事长四个字实在说不出口，但是妻子教诲又在耳畔，于是用了折中的称呼，"这是我老婆从家乡云南带来的上等野生菌，她说菌菇炖土豆，味道最自然鲜美。"

地铁进站高频提示音里，似乎夹杂着周董事长爽朗的笑声，可能还伴有"有什么事情，尽管跟我说"之类的豪言壮语。出地铁闸口，他用手机刷码时，庆幸自己没有继续玩游戏，而是谋了篇、布了局。他像个技艺高超的运动员，镇定自若地走向赛场。

跟着服务员走入迷宫般的包厢区，拐了好几个弯，到最里面。他总觉得越豪华的包厢越隐秘。

很奇怪，包厢里先来的同学们没有打牌、喧闹，而是聚在沙发区，或坐或站，围着一个核心人物。他想当然地认为应该围着周董事长。等他走近却发现，被围的是那位做劳保用品的女同学。她在说话，大家默默地在听。他扫过每个人的脸，严肃深沉。

"他是个好人哪！"女同学叹了口气，似乎情节都交代完毕了。

他轻声问身旁的同学，那个同学指指大圆台边高高耸起的主位，那个位置属于周董事长。可人呢？他没看到。

他悄悄地把野生菌放到备餐台边。此时，女同学从沙发上站起来。

"同学们，我有个提议！"她声音高而尖，"周同学突遭不测。他平时对同学们都不错，我们应该齐心协力帮助他。我第一个捐一千块！"

他赶忙拉过一个同学详细问。昨天，周董事长在视察工地时，一个吊车臂突然断裂，砸下来，扫到几个人，其中就有周董事长。周董事长现在在急救病房，医生说最好的结果是高位截瘫。

女同学见有同学不吭声，继续说："即便他有公司，不缺钱，但我们的帮助是一种情义，是真诚的表示。"

他隐隐听见有同学在边上嘀咕："她是应该捐，老周帮她销了多少劳保用品啊。"

他听着就来气。那些老气横秋、精于世故的家伙，似乎并不曾拥有一张张他熟悉的幼稚天真的脸。

"我出一万！"他站在人群最外层，用低沉浑厚的声音喊道。

他拎起野生菌盒子往外走，叼上一根烟，听见背后有人议论："他现在干吗呢？气这么粗。"

他一点不饿。坐在公园石凳上，握着还没有熄屏的手机。那条信息他读了很多遍："爸，我自己找到工作了。你和妈不要为我操心！"

星空很亮，一眼望见许多颗眨着眼的恒星。

——白露——

| 宇宙宏大与人性细微

当霍金说时间可能是虚假的时候，全世界吃了一惊。霍金进而解释，奇点爆炸之前，时间在哪里？进而，他认为在四维空间里，一切都是"预演和安排"好了的，时间不再像在三维空间里那么重要。因此，伟大的物理学家，都将时间、空间并列一起讨论，缺失一个，就将陷入无意义。

有一段视频，把地球从产生到现在的演变，浓缩为一天 24 小时。人类祖先智人的出现则是在 23 点 59 分 53 秒。人类要在这短短"7 秒钟"里，搞懂宇宙终极问题，恐怕有点困难。

杨振宁先生曾表示，如果说存在有人形状的上帝，他是不相信的，但是推动这个精妙世界形成的"造物主"是存在的。我想，世界顶级科学家才刚开始思考这样的"初始问题"，那么，宇宙运行的真相，人类很可能永远无法获知。

从最宏观现象到最细微的生活琐事，我发现，其本质都是混沌不明，无法细究。

"假如生活欺骗了你……相信吧，快乐的日子将会来临。"大家都喜欢普希金的这首诗。我认为原因有二：人们在生活中总是被欺骗、过得不快乐。普希金离开这个世界近两百年了。伟大诗人写出了人类共同情感和困惑。

　　生活看似鸡毛蒜皮、波澜不惊，大多数人都在重复劳动、作息。一旦加上时间这条线，就会变得奇幻。假设一个人能够从二十岁穿越到六十岁，那么，再无足轻重的现状对他来说，也变得惊心动魄。每个人心中都有期待、预设，而往往现实比想象更加精彩。于是，实在期待不了自己了，也要把宝压在下一代身上。

　　有期待，就会被欺骗；有期待，就会过得不快乐。《白露》里的"他"，早就对自己失去了期待，可他不能同样对待儿子。事实也如此，地球上每一粒沙子都对应不了人类可见的恒星，每一颗恒星威力都比太阳大上不知多少倍。每个普通人的灵魂，比金子更加宝贵。他想方设法为儿子谋取好工作，并且相信帮助他的人，同他想得都一样，付出全部，为小伙子跑赢第一步。他被执念绑架，越陷越深，非常粗陋的骗局都识别不了。正当他为一个突发事件感慨人生无常时，儿子告诉他，凭借自己力量，顺利入职。他望着闪烁不停的恒星，相信其中一颗，必定对应儿子。至于，这宇宙和生活到底怎么回事，他决定不去想。他可能意识到，任何事物都有其运行规律，每个人，只是其中极微小的一环。

秋 分

　　第一个客户约在早上 8 点 30 分，她昨晚就把白衬衫、黑西装带回出租屋。她在挂耳咖啡里加了点奶，匆匆喝完，去赶地铁。正是上班高峰，车厢里挤满人。好不容易坐下，她赶快打开档案夹，把今天的客户资料、房产数据再过一遍。

　　转了两条线，她终于走出地铁。阳光下，穿长袖的都极少，像她西服套装上身的，辨识度极高。时间有点紧，她把档案夹扔进共享单车篓子，骑上车飞快赶到四季佳园。在小区南门还车前，她打开手机再次确认与徐先生约好的时间、地点。手机显示 8 点 20 分。她松口气，整整衣服，去门岗办登记。她听经理介绍，这小区在十多年前很出名，是市中心顶尖住宅。后来新区、开发区、保税区陆续开出新楼盘后，四季佳园的地位才有所下降。她站在门口向里张望，只见一幢幢贴着红色锦砖的多层楼房，掩映在大片绿树中。她大学毕业南下闯荡。家乡城市的房子也不错，只是单价不到这里的四分之一。她时常想，每个月花 3000 块，只能租到单元房里的一个房间，而在老家，百八十平方米的一套房都能租到。相差的只是房价吗？五年闯荡经验告诉她，最大的差距是理念。

电话响了，正是徐先生。听到声音的同时，她看到一对老人正在穿马路，男的向她举起了手。

徐先生夫妻显然比她更熟悉这个楼盘。走在浓荫密布的小区道路上，徐夫人埋怨丈夫："都是你，当初舍不得买这里，你看，不还是回过头来了。"

徐先生说："行了，你已经说一路了。我们先看房吧。"

她接过徐先生的话："您和夫人对这里比我熟悉多了，我就不再介绍了，重点说说要去看的房子。那套房子产权证上面积 126 平方米，在 3 号楼 6 楼，顶层靠东。房主在新区买了独体别墅，资金量太大，将手上 3 套房子挂网出售，这是其中一套。"

徐夫人走进电梯时问："他开价多少？"

"您看 6 层还带电梯，单梯单户，的确品质高。1088 万。"

徐夫人惊叫道："当初开盘时，最贵不过 15000 元一平方米啊！啧啧。"

进到房里，她眼前一亮，所有房间南北通透，楼栋间距特别大，绿化错落有致，南北阳台望出去，都是花园景致。装修也精美，黑胡桃木地板、大理石贴墙、深棕色欧式家具、乳白色卫浴、银灰色橱柜。

她按照销售文本介绍："房主聘请著名室内设计师，选用高档建材，装修花了 300 万，还不连带家具、电器。"

徐先生夫妻穿着厚厚的鞋套，每个房间都去转一圈，开橱门、摸家具、拉窗户，每件物品都与自家的比一比。

经理打她电话，催她本月业绩报表。她躲到厨房去接，心里窝火。

徐夫人在北阳台叫她，她挂电话跑过去。

"这伸缩梯是上屋顶的吧？"

"是的，房主喜欢园艺，还在屋顶填土，造了个屋顶花园呢。"

徐夫人兴趣上来："我们能上去参观一下吗？"

"当然可以，我来放梯。"

徐夫人刚露了个头，就惊叹起来："哇！这就是我理想中的花园。"

到屋顶花园，风大起来，她也觉得舒爽。阳光已经不怎么炽烈了。

"有些人只知道种菜种瓜，一股臭味。花园就应该是眼前的模样，养花种草，假山鱼水，颐养身心！"

徐先生夫妻站在一棵桂花树下，讨论起桂花的花期来。声音响亮，惊起了高大香樟树上的乌鸦。

突然，她明白了。这对夫妻不是来买房的，而是来怀旧的。像徐先生夫妻这样的，生活无忧，又有的是时间，他们把看房当作与逛商场差不多的一种消遣，苦的只是她这样的小小销售员。她默默合上档案夹，静静站在边上等。

果然，徐先生下楼的时候，对她笑笑说："姑娘，我们再考虑考虑吧。"

她客气地请他们想好之后直接打电话，送他们到大街上道别。两个老人边走边讨论，肢体语言很夸张。

第二个客户是个 40 多岁的男人，穿一件皱巴巴的咖啡色暗格子短袖衬衫，斜靠在福熙新村门口的梧桐树干上抽烟，头发杂乱，脸色酱紫。

她看看手机，10 点 45 分，说道："魏先生，我们进去看房吧？"

魏先生向马路上望望："时间还没到呢。"

"您是要等人吧？"

魏先生没接话，也不挪身。

下午还有三个地方要去，最远的要坐地铁 S3 号线一小时，差不多在邻市边上了。她看了看天，能够顺利安排好，回到出租屋也得晚上七点多了。今天往后，日头一天比一天短了呢。快到中午，她觉得热，把西服脱下来，挽在胳膊肘上。

一辆白色宝马车停在路边。魏先生扔掉烟头，跑过去开车门。一个中年女人拎个手包下车。

"这是我夫人……"

女人喝住他："谁是你夫人？"转脸降低声调朝她说："叫我张姐就行。"

她见这阵势，也就不多说话，打开档案夹，按图索骥，默默地在前面引路。这个老新村，基本没物业。道路坑洼、杂草丛生。单元门上贴满小广告，防盗门斜在一边，根本关不起来。楼道里全是血红图章：办证、老军医、疏通管道等，令她感到惊奇的是，那些图章从下到上，一直敲到人手无法企及的地方，规规整整，互不干涉，互不侵犯。

她开门进去，一股发霉的热气扑面而来，她赶紧开窗通风。走得急，带倒一张旧椅子。她弯腰扶起，一手灰。

张姐接电话，一时半会儿挂不了。她带着魏先生看房间，一室半一厅的老房子。魏先生草草张望一下，就站在窗边吸烟了。

她知道张姐定主意。于是，站在一边看下午三套房子的资料，等张姐电话打完。

听上去张姐正在谈一笔生意。越有钱的人越计较，这是她的从业经验。快 12 点了，张姐还在电话里跟人拉锯。她想午饭肯定是泡汤了，下午第一家约了一点半，不抓紧要赶不上。她走到魏先生身边，悄悄地对他说："张姐忙的话，我们再约时间？"

魏先生斜睨她一眼："不用，一分钟的事情。"

她只好继续等待。

张姐手机没电了。她还想换个手机打，目光碰到她焦急的眼神，才住了手。

"这里多少平方米啊？多少钱啊？一次性付款有没有优惠啊？"张姐根本不看房子，就问几句话。

"62 平方米，103 万元，一次性付款的话，我联系房主看能不能降点。"

张姐听完，连声说太贵太贵，就想往外走。

魏先生突然大声喊起来："你不买，可以！给我 100 万现金！"

"我凭什么给你？"张姐脸拉了下来。

"哎！你这个人，当初法院调解时，你是怎么说的啊？"

"我只说安置好你，让你有个地方住。不代表买这么贵的房子，更不是给你现金！"张姐气呼呼地撂下话，转身蹬蹬蹬下楼，"再去找！我警告你啊，掂量好房子分量再告诉我！"

她锁好大门，陪魏先生走出小区。魏先生一直在自言自语，虽然很轻，她却听得明白。"我不喝酒了，也不赌了，怎么还这样？不喝、不赌……"

秋分日的最后一档客人是一对情侣。

他们约在了 S3 号线的品尚雅苑站 1 号出口。

她还是疲惫地先到了。日头已有点偏西，风起来了，她把西装套上。

小吕和女友走出地铁站，两人牵着手，说话的时候，笑得开心。

这场景触动她内心。风掠起额前头发，她给自己打气："都会过去的，时间能够抚平一切。"秋天的风真像一首曲子，悠扬凄美。

"这是我女朋友小林。哦，不准确，今天上午我们领证了。重新介绍：小林，我爱人。"

她从小吕涨红的脸庞看出幸福来。她没搭上几句话，几乎全是小吕在说话。

"我们早就研究过了，这里房子新、户型好，最关键的是价格低，很有成长空间，极具投资价值。一般来说，90平方米左右的房子最好交易，可 90 平方米有 3 房的，全市只有尚品雅苑的二手房。最关键的是，我们相中的那套房子是 89.6 平方米，房贷政策规定，首套房买 90 平方米以下的，首付只需 20%。"小吕拿出手机，给她展示网站上房子 3D 效果图，"其实，我们不过来订房也可以。今天是纪念日，所以我们得有仪式感。"

她被小吕说得一愣一愣的："你真是要把我们的饭碗都砸了呢。"

小吕一本正经地说："如果房产交易网站、APP 做得再深入，真的不再需要现场工作人员了呢。"

小林拍了拍小吕肩膀："我们先看房去吧。"

小吕选的房在 36 层最西面。

看了一天的房子，进入这套房子后，说实话她感觉进了迷你房，每个房间都缩了水。小吕和小林已完全把房子当作自己的了。

"这套沙发太土，窗帘颜色沉闷，抽油烟机还是上排式的，都换了。"

"这里加鞋柜、那里加书架。我还要一张躺椅，躺着看书、听音乐、玩手机，太爽了！"

为买滚筒的还是波轮的洗衣机，两人起了争执。都查手机资料想要说服对方，从卫生间吵到客厅，又吵到最小的房间。随即，新矛盾又显露。

房主原先把小房间用作健身房，跑步机虽然撤走了，但看得出痕迹。

"我也做个健身房。"小吕把胳膊弯弯。

"你过不过分啊？卧室你要睡觉，书房是你的，小房间你又霸占？"小林的声音尖利起来。

"这不矛盾啊，书房、健身房你也可以用啊。"小吕嬉皮笑脸地回答。

"不行！既然你占了书房，那我得把这里改成化妆间，一面大镜子加梳妆台，这边全放衣柜，我得挂衣服，放包包和化妆品。"

"衣柜卧室有，卫生间化妆最方便，你就不要占用我的房间了。"

"什么是你的房间啊？"小林火大起来，转身朝门外奔去，"房子全给你住！你一个人住！"

小吕连忙追出去，喊着："别走啊，我们再商量！"

她走到西窗边，拉开遮光帘，打开窗户。夕阳光晒进来，她感觉全身被镀了一层金。一天忙下来，一单没成。她不想马上走，再等等，心里盼望着小吕能把小林追回来。此刻，她凝神定睛，静观落日余晖。

──秋分──

| 人的意图与社会的不确定性

　　最近读了阿根廷作家施维伯林的两本短篇小说集，她的小说延续了南美作家荒诞、魔幻的风格。与我们"现实主义为王""写实、纪实"的写法全然不同。不过，我又细细地琢磨了一段时间，发现那些天马行空的作品紧贴生活，反映的都是日常生活中的事情：单亲儿童教育、失独老人生活、重组家庭障碍、夫妻矛盾升级等。遗憾的是，我不擅长那样写。我也曾努力地想用诗意语言创作，用时空切换表现生活的多样性和复杂性，不是很成功。可以这样说，施维伯林短篇小说，就是我追求的小说样貌。我确信，写作是需要一点"魔法"的。

　　在《空洞的呼吸》里，施维伯林描写了一对失独老人相依为命的最后生活。老太患上呼吸困难综合征，行动困难，坐着等死。她写下遗愿清单，让身体健康的老头逐一照办，最重要的一条便是捐出非生活必需品。平静、按部就班的生活被一个小男孩的到来打破。小男孩随母亲搬到老头老太家边上，他经常来找老头借园艺工具、聊天、玩耍。老太透过窗户，焦躁地、惶恐地盯着这一老一小。气管里发出的声响，尖利而古怪。她想起了儿子，未成年的他在一次超市意外事故中不幸去世。被打包纸箱侵占大半的房子，突然会发出各种各样奇怪的声音。

她全都置之不理。包括男孩倒在沟渠里，扔石子打到窗户上发出的求救信号。小男孩不见多日之后，老头两次突然倒地，后面一次再没能爬起来。老太拖着沉重的病体，每天去找男孩要回园艺工具，男孩母亲崩溃了，反复地一针见血地告诉老太，男孩死在了见死不救的人手上。终于，老太安静了下来。她发现了唯一一个属于老头的纸箱，里面全是儿子的遗物。她慢慢地倒下，记忆带着她，朝早就设定的终点站飘去。

　　施维伯林围绕老人们的起居饮食，充分展现出日常生活的不确定性，每个环节严丝合缝，让我深深感叹"人海阔，无日不风波"。从某种意义上说，《秋分》中的三对夫妻，也是筛选过的。买房，是国人现代城市生活中躲不过的一件大事。看房、选房、买房过程中，也会出现不确定性。比如"看房不买房，只是一项变形的'观展'""买房就像买个筹码，扔出去了结纠纷""买房一时冲动，看房后困难、压力接踵而至"等。听上去有点不可思议，不过认真分析，这些现象背后，其实就是现代城市带来的不确定性。只要有需求，就会有意想不到的事情发生，没有哪件事情会循着人的意图老老实实朝前走。施维伯林看得特别透彻，在变与不变之间施展"魔法"。

寒 露

　　他双肩背一个包，斜挎一只包，沿小路攀登小山，走了没多久，额头上就冒细汗。他把衬衫袖子卷起来，耳边传来欢快的鸟鸣。他得加快速度，赶在日出之前就位。好多"打鸟人"进入状态后，就无暇顾及吃喝。

　　所有早点都是昨晚他在奶奶协助下做好的。白馒头、肉包子、煮鸡蛋，把挎包塞得满满的。背包重，里面是饮料。奶奶用针线把背带加固。他走起路来，一颠一颠地，不再担心背包掉下来。

　　到半山腰，斜横出一条踩出来的小道。他朝东望望，青灰天空底下，五彩光似的在闪动。迎面走来一个人，穿着摄影马甲。

　　"哈！来得正好，我起晚了，没顾上吃早饭。"

"沈叔好！咖啡都给您准备好了呢。"沈叔比较"西派"，他赶紧拿东西。

暑假时，沈叔念叨着冰镇咖啡。他上了心。把矿泉水、咖啡隔夜放到冷藏室，一早又把它们放进保温袋。热浪袭来时，沈叔惊喜地在茂密树林里喝到了冰水、冰镇咖啡。今天，沈叔要了两个包子、一瓶矿泉水、一罐咖啡。照例不问价，把3张10元纸币塞进他衬衫口袋。他觉得不好意思，再要去拿罐咖啡。沈叔啃着包子已匆匆回头。他跟在后面，弯弯曲曲走了一段路。树林更密，鸟鸣更噪。

光线仍显不够，"打鸟"的人们蹲守在"长枪大炮"前，时不时地交流几句。他轻手轻脚地与设备保持距离，他知道越大越长的镜头越贵，贵到第一次听说价格时，吐出的舌头差点收不回去。

有人要了馒头，有人要了咖啡，也有人全要，他觉得包轻了不少。今天是长假的最后一天，晚饭前，他要乘最后一班长途汽车。到达江北的校区，至少要到晚上八点。他还得早点下山，吃过午饭，要陪爷爷去康复中心做理疗。自从爷爷春节前突然中风到现在，每个周末他都陪爷爷去一趟。连护士们都说，理疗那套程序，这小伙子都快比我们熟了。他笑笑不说话，其实中医针灸那块他也挺熟。奶奶年轻时就有眩晕症，这几年严重起来。他去中医院陪奶奶针灸的次数也不少。只是，奶奶特别能忍，不到站不稳，不去医院。

太阳出来了，斑驳树影投射到地面。他默默退到一棵大树根下，坐下啃白馒头，喝几口塑料水壶里的白开水。那些排成一队的"打鸟人"，对他都客气，从不呵斥、驱赶他，也不炫耀、责骂。相反，拍到好片子，还让他凑上前看效果。他略带夸张的惊叹，让他们很开心。为什么只有在这样狭小的时空里才能碰到沈叔他们？而在他的广阔的17年生涯中，没有遇到过这样的人呢？

他第一次来到这片小山林，是去年初夏。听小伙伴说，林子里鸟巢已建好，鸟蛋很多，很值钱。他爬上十几米高的香樟树，在枝杈上的鸟窝里，摸到一窝蛋，正想把蛋往塑料袋里装，树下传来喝止声。

"危险！下来！"一群拿着照相机的人在对他喊。

不远处的树梢上，两只大鸟激动地来回跳跃。如果他个头再小点，大鸟说不定会扑上来啄，他愧疚地将蛋放回。刚往下爬到一半，两只鸟就飞回了窝。

喊话的人当中就有沈叔，他们围住他质问，沈叔替他解围，随后把他叫到边上，问他为什么要做危险又有害的事情。

他开始不想说。沈叔给他一块巧克力，熔岩在嘴里迸裂，甜蜜融化他内心。

母亲去世后，父亲就把他送到爷爷奶奶家。那时爷爷身体硬朗，声如洪钟。奶奶一天到晚有忙不完的家务。虽然爷爷奶奶疼爱他，但是他觉得什么都变了，无法再沿着原来的路走下去了。学习成绩滑坡，不肯多说话，没有交往的同学和朋友。父亲每周末来一次，带来吃的、用的。他扫一眼，那些食品刺激不了胃口。后来，父亲隔周来，还是带来不少东西，他连看都不看了。邻居暗地里议论的话，被他听到了。父亲重新组建了家庭。有一个阶段，爷爷奶奶看他时目光躲闪。敏感的他总感觉有一天，父亲会给他重击。

有一天，爷爷奶奶换上节日里穿的衣服，让他也套件新外衣，去一家餐馆吃饭。他们从不舍得去饭店，连年夜饭都是奶奶一道道亲手烧出来的。那只是一个大众的港式茶餐厅，父亲和那个女人早到了，其实他们都已经把菜点好了。爷爷奶奶坐下后，父亲象征性地询问一下想吃什么，得到的当然是"随便""都行"之类的回答。父亲把西服脱了下来，女人穿了红衣服。女人开口，既像本市人，又有种硬邦邦的感觉。表情和动作都有点夸张，有演小品的成分，他感到可笑可悲。突然间，一种想笑的冲动无法遏制。他抓起一把餐巾纸堵住嘴，飞快地跑向卫生间。扑在水龙头前，他原以为镜前会出现一张奇怪的笑脸，可实际上，那是一张带泪扭曲的脸。父亲跑进卫生间，只说了一句话："我不知道怎么对你说。"没人知道怎么说话，他们都在用行动抢夺语言的位置。他默默地跟父亲回到座位，安静地吃完干炒牛河、云吞面和几块肥肥的叉烧。

后来，父亲和女人一起来看望爷爷奶奶，带点散装水果、袋装麦片、盒装牛奶，间隔的时间越来越长。有一天，奶奶在洗碗的时候，嘀咕一句："听说有了呢。"他也没在意。又过了些时日，其间父亲没有出现过。奶奶在切菜时，轻声对爷爷说："怎么就会没了呢？"他注意到，喜欢说话的爷爷只是左右摇头，吐出一句话："看来他离开这里去她家，理由充分了。"

他把自己的经历断断续续告诉沈叔，已快到中考了。林子里热闹起来，他每天大清早卖完点心、饮料后去上学。每到周末，沈叔必定出现，老担心他中考成绩，劝他多复习，少来这里。他无奈地摊开双手，其实心里早就做好准备，成绩再好，也不可能上高中。家庭负担不起，他也想早点自立。很久没出现的父亲来过一次，不再带什么东西进门。倒是走的时候，奶奶悄悄往儿子兜里塞钱。不过，他还是对沈叔的劝告表示出尊重，中考前一周，没有去小山林。不过，那"关键的一周"，他也没有花多少时间在复习上，书本上的字像一只只小雀在飞舞。他忽然觉得自己很快就要解放了。有种生活是他向往的，那就是童年时光。傍晚，一家三口凑在矮方桌边吃饭，头顶上吊着一盏孤零零的日光灯。父亲和母亲经常为某件小事争得面红耳赤，他左右手同时拉住他俩的衣襟。不一会儿，他们又坐下来嘻嘻哈哈了。他出门去考试，爷爷奶奶都说："不要粗心，仔细点做。"他回过头看看两个老人，心里酸酸的。

中考成绩出来后，父亲从另一个城市赶过来跟他见面。

"就算我没离开这个城市，我也没有什么关系，何况你这成绩只有满分的一半，任何学校都难进啊。"

这个成绩出来，他自己都吃了一惊，马上又想通了。自己像浮萍漂在水面，随波漂荡，本就没有努力扎根学习的想法和样子，有这样的成绩，实属正常。按照近几年的录取分数，父亲说得很对，在技校边缘滑进滑出。真正令他感到惊讶的是，自己竟然没有产生怨恨父亲的情绪。

沈叔看出他的忧虑，帮他出主意。

"高中绝对上不了。"

他点点头。

"中专和技校分两种，一种去了给钱就上。"

他摇摇头。

"另一种看招生名额和分数。我来帮你咨询一下，我知道你的情况。"

那天，沈叔拍到了鹰鸮一家，见到他，兴奋地给他看片子。两只亲鸟轮流喂食树洞里探出头的小鸟。他被猫头鹰般的眼睛和锐利的鹰嘴吸引，渐渐地，他扭过了头。沈叔看出他心情。

"江北有个农业技校，我看你对花草、动物都感兴趣，可以去报名试试。学校分数不高。我询问过了，你的成绩应该可以。"沈叔目光再次回到镜头上，忽地又回头补充一句，"不用另外交费用。"

他回家跟爷爷奶奶说了一下，当天就在网上填报志愿。他只填了一个学校，他信任沈叔。果然，两个星期后，他接到了电话，于是坐公交车去了学校。招生工作人员验了他的身份证、成绩单，让他填写几份表格。奶奶给他准备的钱，他没用。那些卖早点、饮料的钱正好交齐学杂费。

他把办好入学手续的事情告诉沈叔，沈叔正在瞄准树上的鹰鸮。

"你知道为什么鹰鸮把巢筑在离马路、工地不远的地方吗？"

他透过树林，可以看到高架桥、正在施工的地铁站。

"那是因为有人类在跟前，小鹰鸮的天敌就不敢侵扰。"

当时，他对沈叔的话不是太理解，鹰鸮算是猛禽，它还怕啥？一年多过去了，发生了不少不可预知的事情。爷爷奶奶成了这个寄宿技校生最大的牵挂。每天他都打电话回去，报个平安，问个安好。每次，陪爷爷奶奶去治疗的路上，听见树上叽叽喳喳的鸟叫声，他会瞬间想起陪着沈叔和伙伴们一起度过的那些清晨。他是幸运的。

他拎起大塑料袋，挨个请"打鸟人"将垃圾扔进去。然后扩大范围，把林子里的其他垃圾捡干净。他读到一篇文章，说有些动物误食塑料纸送了命。秋天马上就要来了，听沈叔说，过了国庆节，就不在山林里"打鸟"了。漫长夏季积累的作品需要整理、再创作、交流。他们所需要做的事情，就是保持敏锐，随时捕捉到信息：江里出现保护动物的影子、滩涂上飞来北方的候鸟等。那些地方，他们单兵操练，不会集聚，他也不可能跟随。他要静静等待下一个春天的到来。

——寒露——

| 专业工作和业余爱好

多年前，我参加报社组织的采风活动。一位著名通讯员告诉我，出了办公室就不写东西，在他家里找不到纸和笔。这番话对我触动很大。写出很有分量"大块头"文章的他，居然不喜欢写作。后来工作调动，我跟他联系渐渐少了，最近听朋友说他目前从事企业管理工作。如果有机会碰到他，第一句话我就想问，做了领导后，回家是不是又开始写文章了呢？

通过观察分析，我发现一个现象。年轻人对业余爱好的追求和规划，没有中老年人来得认真。最简单的健身，35岁之前，人们大多消费身体，不注意保养身体，因为年轻就是资本。人到中年，如果工作繁忙，需要一个出口发泄；如果人闲桂花落，就需要填补时间空白。于是，我关注了身边一个个"群"，比如跑步群、摄影群、读书群、书画群、瑜伽群、诗词群、网球群、游泳群、太极群等。据说，老年大学极难报上名，每项课程都异常火爆。开始，我还以为那些群或课程都以通俗、简易为主，观览过几次展览、比赛、分享会后，我改变了自己的想法。

有一次，与同济大学文学教授张生聊天，对这一现象，他的看法很直接：国外很少有专业作家，很多著名作家都是业余写作。他们拥有一份工作，写作只是业余爱好，比如卡夫卡是保险业务员、马尔克斯是记者、佩索阿是助理会计师、菲利普罗斯是教授。他们从职业生涯中提取对生活的感悟,创作出世界文学名著。失去了职业这个基础,恐怕对一些事物的敏感度就会降低。如此说来,业余未必不是好事。最近休假在家看电视剧,有一部收视率颇高的反映职场生态的连续剧,其中不少情节,对于长期浸淫于机关的我,只能平添笑点。

《寒露》以一群摄影爱好者帮助家庭困难的学生为主线,展现"业余爱好者"对摄影的执着、对孩子的爱心。他们追逐季节的步伐,研究野生鸟类、水禽等的生活习性。他们探索光影的奥秘,精准到一天中哪几分钟能出好片子,多大的光圈、多快的速度能最佳还原色彩。同时,他们又是社会人,将对美的追求落到现实生活中,尽力帮助因家庭困难几近失学的孩子。我想说,做事有专业和业余之分,而善良和爱,没有业余,只有更专业。

霜 降

把电瓶车推出楼道，她戴上手套，翻风衣帽盖住头。风里夹杂着雨丝，偶尔几个窗户透出灯光。气温降低，城市苏醒迟了。

菜场却灯火通明，她骑车到生面铺。老板歪戴着白色厨师帽，递给她一只大塑料袋。

"刚轧好，十八斤，够了吧？"

"可以，你记下账呗。"她把沉甸甸的皮子放电瓶车上。

去肉摊路上，她想起紫菜、虾皮快没了，问南货摊老板补了点货。好在调味料都去大超市买了，不然容易丢三落四。

肉摊老板娘见她推车过来，望了一下挂钟："还真是精确到分钟啊！"

　　她笑笑，接过一袋子温热的猪前腿肉酱、一袋猪大骨，手机扫码付了钱。肉价每天不同，记账反而麻烦。

　　临上电瓶车，她对老板娘大声说："你问我牛排怎么煎才好吃，我昨晚看到一个视频，等我到店里发给你。"

　　老板娘摆手："不急不急，你先忙生意，空了再发我。"

　　雨下大了，她心情随之低落，今天早市看来又兴不起来。快到店门口时，风衣全都湿了。她通过雨幕，看到店门已开，小娟穿红色夹克衫在里面忙碌。

　　她把骨头交给小娟："洗洗加到汤锅里。"

　　小娟答应一声，转到灶头上去了。

　　她把馄饨皮放进冰箱，留三叠在桌上。取过铝盆，倒入肉酱。她顺手抓一把在手中，颜色微红，弹性十足。她知道，只要简单用姜米、盐、鸡精调味，就能释放出最鲜滋味。她缓慢、有节奏地顺时针方向和馅，不时加水。身上暖和起来，馅也上劲了。她分出一小部分，拌入小娟切好的葱末，其余放进冰箱。

　　她对小娟招招手，馅和皮子都准备好了，可以包了。她打开电饭煲查看昨晚焖进去的茶叶蛋时，瞄了两眼小娟。小娟正往漆木盘里整齐地码放包好的馄饨。她在心里暗自称赞，和舅妈包的几乎一模一样了。要不是贵州人吃辣基因改不了，馅都可以交给小娟做。

第一个客人来了，她收起心思，招呼客人。六点半，时间差不多，人却不是熟客，骑辆自行车，进门时，顺手把雨披也带进来。客人看了价目表，点了一碗馄饨，两块烧饼，十三块钱。

她收了现金，到灶头上看，锅里水正微微滚动着。她把漆木盘里的馄饨抓一把丢进去，用长柄勺兜底转动，防止粘锅，盖上锅盖，然后取一个青花碗，加入葱花、虾皮、紫菜、榨菜末，点上猪油，肉骨汤锅里舀汤冲入，洒上胡椒粉。开锅盖，加冷水，水再开，馄饨浮上。捞起，入青花碗。端出去的时候，她闻到了一股香气。小娟正从隔壁烧饼店装了一篮子热烘烘的烧饼回来。

客人又来了几个，有熟客，她便知道哪个要在馄饨里加水铺蛋，哪个要的是茶叶蛋，哪个烧饼要吃甜的。

雨一会儿小一会儿大。今天不是双休日，早餐做到九点，基本告个段落。小娟收拾好靠里的一张桌子，放一碗馄饨、一碗骨头汤，两块烧饼、两个茶叶蛋。她每天必须尝馄饨味道，而小娟觉得馄饨宝贵，不随便吃，只要喝碗汤，吃个烧饼。她硬要小娟吃个蛋，水铺蛋、茶叶蛋隔着吃。

她稍微加点辣油在馄饨里，尝了一个，调味适当、汤汁鲜美、肉质细腻。小娟在骨头汤里放入很多辣油，红彤彤的。她觉得小娟已经好多了。小娟刚来时，只要吃辣椒拌饭，她在边上就看得胃抽筋。

小娟是堂叔送来的。他们姓"韦"，是哪个民族，她不记得了。十多年前，她还在公司做职员时，一帮姐妹通过爱心网站，发起对贵州山区失学女孩的资助。为减少中间环节，捐款直接打到村支部，由村支书分发给每位资助对象。她资助的对象就是小娟。每次收到她的捐款，小娟总会借堂叔手机给她发条信息。学期结束，打电话给她汇报成绩。小娟成绩一般，在她鼓励下，有了上高中的念想。

不料，她的安逸生活被打破。公司被并购了，四十五岁以上的女职员领到一笔三个月的工资，回了家。姐妹们开始晒退职后的悠闲生活，可她不能。很多年前，老公赵路患尿毒症失去工作能力，加上高血压、高血糖等基础疾病，靠每周去医院透析三次才能维持生命。女儿刚以优异成绩考入重点高中。

亲戚朋友们给她介绍工作，都嫌她年纪大，肯要她的单位，待遇实在太差。三个月过渡期很快就要过去，而她还在每天演戏给老公、女儿看，准时"上下班"。那天早晨，她穿着套装，踱到运河边，南来北往的船只让她感到生命的流逝就在长长的汽笛声里。舅舅家就在附近。她买了两样水果，两袋燕麦片，走进舅舅家。舅妈正在包馄饨，她正好打下手。舅妈调肉馅的手法吸引了她，新鲜猪前腿肉酱，加姜米、盐和鸡精调味,加水上劲。舅妈笑着告诉她"秘技",她眼前一亮。吃完鲜美的馄饨,她对两位老人说出自己的想法。

小娟的来电解了她的困境。虽然她是多么希望小娟继续读高中,甚至大学,"这点钱,我出得起!只要你肯学习",她多次这样表态,可小娟的电话里说的却是现实问题:两个弟弟更需要读书。小娟的读书使命,初中毕业就结束了,现在要赚钱了。接电话时,她不时看看后厨舅妈忙碌的身影。七十多岁的老太太了,还跟着她受罪。"好吧!满十六岁了,你就来吧。"

小娟吃东西特别快,一大块烧饼沾汤吃完了,开始剥蛋。剥好两个,一个给她,另一个滑进自己汤碗,蛋和汤一起下了肚。红彤彤的笑脸,鼻尖上也冒出几滴汗。

"没吃饱的话,再吃个饼或者蛋。"

"不了,华姨。我准备午饭啊。"

小店里的午餐很简单,做完早市的小贩路过店面,被小娟喊住,买鱼、蔬菜、豆制品等。小娟讨价还价越来越老练,烧的菜也上路子了。晚上六点半左右打烊,她给小娟留点菜,其他带回家。店铺有小阁楼,小娟对她说,躺在被窝里,通过天窗可以看见摇曳的香樟树枝叶。

小娟买汰烧的时候,店里最空。她拿出手机看,女儿照例在家庭群里发了早餐照片。两碗牛奶麦片粥、两片粗粮面包、两个白煮蛋、两个中肉包。女儿怕赵路累着，每天换花样给赵路做营养早餐，非常注意控盐、控糖、控油。她知道，自己出发没多久，女儿就起床了。

赵路在家庭群里先为早餐照片点赞，过了一个多小时，拍了张医院大门照片在群里。今天是透析日，那张照片有点歪，明显看得出在下雨。她不喜欢，却还是连点了三个赞。

患大病后，赵路申请到每月最低生活保障，钱不多，他全都交给她。她让他留点，他摇头说："一个废人还要钱干什么？"

姐妹群里，有人发了一张晴空下草地带霜露的照片。她转发在家庭群里，天在转冷，她突然想念刚过去的一身接一身汗的三伏天。她给赵路用了"三伏贴"，那位老中医说，连续用三年，赵路的病有望轻一半。

她突然想到一件事，大声问正在洗菜的小娟："这个月的钱有没有打到你爸账户上啊？"工资是前天开给小娟的。

"您放心，昨天上午我就用手机网银转了。"

"你爸妈身体好吧？"

"我爸好着呢，我妈还是老毛病，关节炎。您猜我怎么对她说？让她多吃辣椒。"

她笑了，以前看到过山区的人应该多吃辣椒之类的说法。小娟是个懂事的孩子。她还想问一些小娟弟弟们的事情，突然来了一个陌生电话。她犹豫一下要不要接，是座机号码，本地的，还挺整齐。

"喂，你好！"

"你是赵路的爱人吧？"

"是啊！怎么啦？"

"赵路在透析时晕倒了，你马上来吧。"

她冲出店门，推电瓶车，钥匙却没拿。小娟奔进去拿钥匙交到她手上，她解下腰间围裙扔给小娟。

小娟叫喊着："快去，快去啊！"

雨打在她脸上，她麻木了。路口信号灯也看不见了，她只管往前闯。怎么会呢？怎么办呢？两个问题纠缠着她。摇摇晃晃地，她浑身湿漉漉地撞进急救室。

"赵路，赵路呢？医生，赵路在哪儿呢？"

"你是赵路家属吧？他现在没事了，你放心吧。刚才推过来时，比较危险。"

"他到底怎么啦？"

"低血糖。"

"不可能！他早餐吃得很好呢。"她去口袋里摸手机，不料摸了个空。她不管了，接着对医生解释："我女儿每天早上给他做早餐，今天是……"

"好了好了。我刚才给他挂了葡萄糖，现在情况还行。你自己去问他吧。"医生忙着到另一个床位去了。

挂在发梢上的雨滴掉落在赵路灰黑瘦削的脸上，他眼珠转了几下，睁开来。

"你怎么来了？我又没事。"他挤出一丝笑容。

她攥着医保卡说："你都晕倒了，还没事？医生打卡上家属联系电话找到我的。"

"我真没事。"赵路摆着手，"我歇会儿，自己回去。午餐高峰到了，你赶快回店里吧。"

"我问你，医生说你低血糖，究竟怎么回事？"

赵路别过头，不吭声。她知道他的脾气，就回转身到医院小卖部买了鸡蛋糕、巧克力，并且温热一瓶饮用水。

这次，赵路老老实实地把东西吃了。

护士过来换水，再挂一大瓶，就可以走了。

午后，时间似乎慢了下来。她觉得脚酸，拉个板凳坐下，身体湿湿地发冷。她贴紧白色床单、被子，干燥温暖。开始时，她还知道一个个白色身影在眼前晃动，一声声叫喊声让她烦躁。后来，她眼皮往下坠，眼前一只只馄饨"扑通、扑通"往下掉，她想仔细看看馄饨掉进锅里还是地上，只见黑暗一片。

手机铃声大振，她从病床上抬起头。小娟正拿着她手机递过来，女儿打的。她瞄一眼手机时间，快一点了，她大约睡着半个小时。

"爸怎么啦？"

她喂了一声，走出病房："我正要问你呢。你爸怎么会低血糖的？每次他去透析，都要让他吃饱。"

女儿声音低沉而犹豫："他看到朋友圈有说只要顶住饥饿，透析效果会好上几倍。"

"所以你拍了照片，他却没吃？"她声音有点颤抖，"这样会出人命的，你知道吗？"

"他不就想早点好起来吗？你这么辛苦。他什么忙都帮不上，也痛苦。"

她默默挂了电话，到医生办公室咨询好相关问题，走回病床前。小娟正给赵路讲大山深处的鬼故事，说得赵路一个劲地问："是啊？真的啊？"看得出他在竭力表现出轻松自然的状态。

护士把赵路手上吊针拔掉。小娟要搀扶赵路，被他拒绝了。她上前，紧抓他手臂，扶他缓缓下床。

她在手机上约了一辆快车，司机来电，五分钟就到医院门口。她把电瓶车钥匙交给小娟："你先骑电瓶车回去开店，我送你赵叔回家后马上过来。"

"好的，华姨！我马上回去干活。可我要向您报告，店可没关，我让烧饼店老板娘盯着呢。她像接受一项重要任务般认真呢！"

她与赵路对视一笑。

上快车之前，她严肃告诫赵路："我刚才又咨询医生了，来透析之前一定要吃饱，你不能再相信那些网络谣言。"

一路上，他俩没说一句话。她盯着车窗上蜿蜒的雨滴。艰难爬行着的，并不是只有一个雨滴。

——霜降——

| 寻找看不见的风景

十一长假上班第一天，在电梯里碰到一位同事，客套地问他有没有回老家过节，他说没有。电梯上了几层，他再次开口说，父亲住院了。我就知道，他一个假期没过好。

城市生活就是这样，看上去日复一日，今天复制昨天，累积起来，变化大得让我们惊奇。

孟元老在《东京梦华录》里记录了汴梁城里各色人等的城市生活，最令人感慨的是繁华落尽后的百姓生活。也许当时的宋朝百姓觉得不以为然：我们平常不就这么过的吗？

然而，时间是最锐利的武器。所有快乐、忧愁、喧嚣、寂静，都被时间碾压得粉碎，消散殆尽。尽管好多美食家都在研究孟元老提到的那些饮食，但要复原，恐怕不是件简单的事。

城市的高光，是显性的一面；城市百姓为生活奔波的艰辛，是隐性的一面。就像同事那样，走进电梯时，似乎与平常无异，谁看得出他内心起了波澜？

《东京梦华录》提到了"馄饨扁食"类食品，千年之前的馄饨，恐怕不同于现在大街小巷里的连锁店、品牌店、夫妻店里卖的馄饨。不过即便食材、做法变化发展了，名称还是保留了下来。大江南北的馄饨各具特色，风味迥异。

　　制作美食的人，从古至今，都是辛劳的。据说宋朝皇帝爱吃包子。"仁宗诞日，赐群臣包子。"皇帝赐的包子，一定要做得好，做得早，制作过程的艰难显而易见。

　　那些手艺人，有自己的家庭、生活、喜怒哀乐，到了记录的时候，最多只留下一句：某某年代，某记馄饨店，生意火爆，全城周知。隐藏在生意背后的人呢？他们的生活呢？

　　发掘普通城市百姓内心，是作家的职责。我想，如果去除"钱"这个元素，还有什么触动那些小店主们内心？

　　我写了《霜降》。

　　人的心境与节气有很大关联。从冰雪融化到春暖花开，自然会期盼灿烂未来。而从盛夏转到深秋，无数木叶凋零，心情也随之惆怅。如果再把家庭重压加上来，在生活底层打拼的人，表现出来最珍贵的是什么？

　　那就是：坦然接受，勇敢承担。

虎嘯

辑四　冬之旅

立 冬

这架飞机没搭廊桥。她下了摆渡车，拎一只手提箱登上舷梯。空姐验票时，她回望这个城市。从未想过这把年纪还要暂别生养她的地方，心里泛起淡淡感伤。座位靠窗，明知窗外只是机场景象，可她还是努力寻找城市建筑物的影子。广播反复通知关掉通信设备。关机前，她连续刷新几遍消息。

飞机开始滑行，她闭上眼睛。每次她都会在飞机爬升时沉沉睡去。充满倦怠的意识里，有个人影在登山。温度很低，冰雪漫山，登山者步履艰难，每迈一步都快耗尽残存的体力。有时她会全景式地观察登山者；有时她变成登山者，喘息着缓慢攀登。今天，登山故事没有上演。她脑子倒也不是乱，只是在纠结褚斌没有回她信息这个点上。

从单位出发，她就给他发了信息。路上，送行的领导一直跟她聊天，关照这、嘱咐那的，她不好意思掏出手机看。好不容易上了摆渡车，她向领导挥手微笑后，马上打开手机，不少消息跳出来。同事、朋友们祝她旅途平安、身体健康、工作顺利。褚斌没有回信息，她知道不是忙的原因。

矛盾在她接到援藏任务的那天产生。令褚斌不满的原因有好几条："你们单位派不出男人啦？冬天进藏，一个瘦弱中年妇女能扛得住吗？要去半年时间，家里怎么办？"她清楚最后一条是最现实的质问。褚斌干工程设计、施工，桥梁、隧道、管廊等工程全国各地开工，一年中有三分之二时间在外地跑现场。家里怎么办？四个老人、两个孩子拜托给谁？领导倒也不是非让她去，是她自己不放心。专利是她的，程序是她根据工作经验设计的。她与褚斌是大学同学，学同一专业。只是她进了市城投集团，设计、施工的项目比褚斌档次低很多。不过，她在设计中处处用"巧"，用过她的专利、发明的施工人员都说她处处为工人着想，使得平凡的工作也有了科技含量。

飞机上到云层之上，她睁开眼睛，打开遮阳板。这里永远都是好天气，阳光穿透白云，串起她一桩桩心事。跟着太阳一路向西，好运也会降临到她身上。她默默祈愿。表面上，她早早安排好家里的一切，可永远有未知的事情发生，"不如愿"总是如影随形。两周前的一个大清早，她母亲打电话来，她父亲早上锻炼回来后突然晕倒在卫生间。心急火燎赶往急诊室的路上，她怀疑自己的决定是不是过于草率。褚斌的意见顿时放大，猛地跳到眼前。城市里的一切，看上去是那么平静，而平静只是无数躁动、惊慌后无可奈何的产物。幸好父亲脑部、心脏检查下来没什么问题，应该是低血糖导致的晕厥。她买来几大包小包装的巧克力、糖果、饼干，让父亲今后出门时揣几块在兜里，感觉出冷汗、发抖、头晕，马上吃一块。两个老人乖乖地答应，还把提示语写到挂历上。她相信，他们会严格遵守一段时间，过后就又不在乎了。这个突发事件带来的直接影响是孩子们不能住老人家了。褚斌父母在郊县农村，更够不着。读高一的女儿对不能去外婆家住这件事非常开心，像相声报菜名那样，把自己会做的菜背给她听：红烧肉、煎牛排、蒸茄子、炒青菜、番茄炒蛋、榨菜肉丝汤等。儿子读五年级，说姐姐做的菜难吃，自己会叫外卖、洗衣服、打扫卫生、网上购物，显得很能干，根本不用她操心似的。褚斌周末回了趟家，探望老人后，坚持让她把家里情况向单位如实报告。

有个工程周末仍在施工，她开车带褚斌去现场看。工人们正把她的专利运用到工作中。简单来说，针对长距离、高落差施工中敷设线缆易损的问题，她引入 X 光数字成像技术检测线缆，既对设备做了检测，又及时做了"体检"，发现问题也能针对性解决。褚斌是内行，看了之后，一声不吭回到车上。"东西是好，可我还是想不通，非得你去援藏吗？"

"高原城市施工更需要类似这样的专利、技术，来进行精准高效施工。而刚才你看的技术，我有几个专利。在现场，我可以把工程技术人员带一下，他们很快就能上手，灵活运用好。"

"听说到了冬天，他们都不干活。"褚斌满脸疑惑。

"人家还说我们这里黄梅天空气里挤得出水来呢！"

话是这么说，她明显感到脑子里有颗"螺丝"在拧紧。打开车窗，让秋风吹进来，她闻到了一股湖腥味。读书时，同寝室有个宁夏同学，被她们笑称到东到西身上都带羊膻味。此刻，她突然想到，宁夏同学也许是忍了四年的湖腥味。褚斌说得不错。即便不工作，青藏高原进入冬季后，江南女人适应生活就是个难题。不过，转弯打方向的时候，她瞄了副驾驶座上的褚斌一眼，似乎他紧张的表情正在缓和。十几年夫妻了，她还是了解褚斌的，他是个工作狂。从某种意义上讲，不肯妥协的他，是为了更好地干自己的活。空姐来送餐：鸡肉饭、牛肉面。她选了牛肉面。面里拌了咖喱，这是褚斌喜欢的味道。今年夏天，女儿中考，褚斌答应请假一周回来陪考。视频时还吹嘘，以自己的数学实力，让女儿提高十分是小意思。结果地铁施工中遇到流沙软土层，机票买好只能退。她知道褚斌脾气，不把这个难关扛过去，不会回来。工作上的执拗，多多少少阻碍了褚斌在职场上的进步。她多次提醒褚斌，在处理人际关系上，不能像对土木工程那样简单化。人有感情，还要面子，说话要注意分寸。褚斌脑子好，他认为这个世界全都由数字构成，无一例外。他有句名言："连量子都是可以测量的，还有什么不能量化？"干了二十年的工程，至今还是工程总监，在褚斌后面进来的大学生，不要说经理，总经理都有人做上了。其实，她何尝不是同类人？今年已是她到工程处的第七年了，还只是个主任工程师，算不上处领导。援藏名单一公布，就有人说，这是有意让她继续"边缘化"。还有传言，半年只是个概念，延长是大概率的事件。她仔细想了想，认为那都是没有根据的谣言。唯一让她感觉不太舒服的是她还没走，接替她工作的人就已经到了。像模像样地交接，真像她一走不回来了。大家不再请示她工作，连女儿都诧异，妈妈准时下班回家做饭了。手机不再日夜不停地响，信息量锐减。她时不时触碰一下手机屏，查看手机是不是坏了。临行前一周内的工作，不及平时的十分之一。

要不是宣传部门找她采访，她感觉自己快退二线了。

青藏高原群峰出现在眼前，在阳光照耀下，更加伟岸圣洁。她突然想起一位老领导曾经跟她说过的话："人生一世，如果不走出去看看，就不知道自己的渺小。"这位老领导上过山下过乡，做过工念过大学，从东北一路南下，待过五六个城市。他说出来的话，混杂着很多方言，很难听出家乡口音。"说话单一，也是局限性的一种啊！吸收各地文化，融会贯通，人的视野才会宽广。"现在，脚踩群山之巅，她越发感觉老领导那番话的分量。回望人生道路，似乎最缺乏的就是历练和挫折。一条线般顺利流畅的工作和生活，固然也好，可时间长了就会倦怠。一项项发明和专利产生了，受地域影响，推广普及性不强。临走时，她翻了翻那些专利，带得上青藏高原的只有几项。托运的行李有三个大箱子，其中两个装她精心挑选的测量设备。她已经做好准备，要把高海拔、低压低温下线缆运行的数据测精准。与原数据比较、对照，说不定能研发出新技术、新专利。她喝了一口橙汁，想想自己也是无趣，巍峨壮丽的景色下，还在念着工作。褚斌也老是笑她，没有一点个人爱好。先是打羽毛球，约好场地、队友，一加班完全忘了。再是练瑜伽，姐妹们都到门口拉她走了，电话一接，她又不去了。褚斌的业余爱好单一，就是长跑。做工程的有个好处，能在不同城市、乡村、山区跑。他坚持每天清晨跑十公里，跑完之后，总会在家庭群里发一张当日途中遇见的最美风景。有一阵子，她非常羡慕这种无拘无束的运动，只要有双跑鞋，有条道路就能开始。几天跑下来，她觉得不行。跑得晕晕乎乎时，脑子里居然还在想工作。难道她真是一点都离不开工作吗？

飞机在贡嘎机场缓缓降落，她下意识地深吸几口气，有经验的同事向她传授经验，下飞机后要"三缓"：缓说话、缓走路、缓洗澡。停机坪上的工作人员穿着不臃肿，她定心不少。毕竟冬天刚刚开始。当她意识到从包里拿出手机的动作也刻意放慢时，忍不住笑了。开机后，跳出来一连串消息。她在提示信息里急切搜索褚斌的名字，快翻完了，还没有找到。当她起身准备拿头顶行李时，褚斌的信息终于出现，而且是长长的一段。"你在赶往雪域高原，我在赶回江南家乡。那天你带我去看工地后，我就向总公司提出请求，昨天被批准了。总公司在江南新成立一所培训学校，主要培养新型技术工人。我干了这么多年工程，回来做培训师，既是转型也是提升。我该把经验传授给年轻人了，也可以趁这个机会读书、思考。你就放心在那里工作吧。家里开车到学校一个小时，我完全可以照顾好老人和孩子。"

　　褚斌的信息符合他风格，没头没尾，也不抒情。她真没想到他放弃自己热爱的事业，回来做一个普通培训师。她迈出机舱，没有感觉风冷，没有感觉缺氧，反倒是觉得身体正在往上飘，轻轻地，舒舒服服地正融入神山圣湖间。

——立冬——

| 生活与工作的"纠缠"，谁能胜出？

　　两年前，我看完《我心归处是敦煌》，对孤身入敦煌，在艰苦卓绝条件下，坚守世界文化遗产一辈子的樊锦诗敬佩不已。最近，我又看了央视对她的访谈。先生意志坚定、思维敏捷。谈到她当初接任敦煌研究院长后，最紧迫的事情便是面对莫高窟的老化，进行抢救保护。她想到一个最苦最累，也是最长久的办法：为莫高窟石窟建电子影像档案，每一个洞窟、每一幅壁画、每一尊彩塑都建数字档案。经过几十年的努力，"数字敦煌"终于让莫高窟"容颜永驻"。

　　我一边看，一边想，生活和工作（说得宏大点是事业），似乎没人分得开，完全切割开。樊锦诗自不待说，她丈夫彭金章先生也把生命奉献给了敦煌。普通人呢？好像也做不到生活、工作泾渭分明。有句老话说得好："吃什么饭操什么心。"设想有个人有两部手机，下班便把工作手机关了，那么，恐怕他再去上班时的不安，会比不关手机的人多得多。不联系、不纠缠，有时会视作"被抛弃"。工作都抛弃了你，还谈得上什么生活。光生活、不工作，是一种什么状态？有人会提到退休人员、有闲阶层等，其实，我说的"工作"，是广义的工作，通俗点说就是"有事做"。看看期期爆满的老年大学盛况就可知，人真是闲不下来的。

　　工作越繁杂，生活就越单调。樊锦诗、彭金章在敦煌工作的日子里，他们全身心投入工作，几乎没有任何业余爱好，因为时间总是固化的，这头多了，那头就少了。他们身上始终怀有对事业的真爱和执着。换句话说，如果没有这种挚爱，不可能成就今天的樊锦诗。普通人比不上樊锦诗，可他们也在业余时间说着工作，也许着重点不同，比如议论人事、薪酬、活动等。事实上，职业生涯中的每一个细节都将成为生活的调味剂。我们不能苛求每个人都有很高境界，只能说：人离不开工作，工作离不开人。

　　《立冬》里的她，年纪不小了，突然接到援藏任务。她面临的生活现实是：丈夫在外地工作，家里老小需要她照料。我为《立冬》设置的结局是丈夫放弃自己的专长，调回本地从事培训业务，让她安心地去雪域高原工作。我想，这不是我的"设计"，彭金章先生就是榜样。1986 年，彭金章决定舍弃自己在武汉大学的事业，陪妻子扎根敦煌。2017 年彭金章去世，永远留在了敦煌。

小 雪

他看了看会议室挂钟，已经晚上十点半了。

大家还在讨论稿子。他打了个哈欠，处长立刻瞥来严厉的目光。他捂住张大的嘴，悄悄合拢。

漫长的讨论继续。每一个数据、每一个标题，直到每一句话，细究之下，似乎都有小问题。

处长显得焦虑："明天上午就要送审，这稿子质量这么差，怎么能过关？"

大家低头，默然无语。

他的心被抽紧。从县里被借来市里搞材料，才半年，他只回去过六七次。回家也是带着任务，处长电话随时响起。他到处找纸和笔，潦草地记录，然后趴在电脑上修改文稿，一改就是两三个小时。发送邮件后，陪李青看电影。看到一半，处长微信又来。黑暗的电影院里，他手上的屏幕时亮时暗，搞得李青心烦意乱。

"像点鬼火一样，以后你干脆不要回来了。"

"马上好，马上好。"

到市里报到的第一天，处长跟他说："把你从全市系统里挑选出来，很不容易，你要珍惜这个机会。"

几乎每天都有写稿任务，领导讲话、会议材料自然是接二连三，分析报告、汇报材料、通知通报等也由秘书处起草。处里编制只有三个人，包括处长。只能频繁从县里、区里借人。做不好、不想做的，一个月都扛不下来。他肯吃苦，材料质量也好，两个月后，处长把综合材料起草任务转给他。

在县里的时候，每周他要打三四次羽毛球，还经常参加业余比赛。可现在没时间、没搭档，他只能放弃午休时间，去附近公园跑步，练单双杠。这是一天中唯一宁静的时刻，从上到下都在午睡。他还是不敢开手机静音，任务说来就来。特别是如果下午有重要会议，他紧张得午饭都不吃，草草锻炼后，回办公室等处长命令。

他还年轻，走起路来很快，处理事情效率也高。

在完成一个大会材料后，处长找他聊："我跟领导汇报了，你很有能力，在我们这样的金融单位，缺的就是你这样会写材料的人才。"

他大学专业不是中文，相反，学的是数学，一次招聘会试着投金融单位，不料竟被录用了。工作是跑客户，客户分大客户、中小客户。他跑中小客户，客户多，成绩差。跑大客户的同事，几天出去一次，就拿回大单子。他很羡慕，却又知道自己干不来。

处长知道他的处境："你学的不是我们本行专业，要想进步，必须另辟蹊径。目前机会来了，有位秘书要调离，如果你愿意来市里，那么空缺岗位就你来顶。"

他内心矛盾重重。工作繁忙、压力大只是一个方面，最大的因素是安家问题。他征求李青意见。

"那不行。你去了，我怎么办？"

"跟我一起到市里来。"

"你开玩笑吧，你忙成这样，我来了两眼一抹黑，没人陪我，也没人睬我。"

李青是幼儿园教师，一帮幼师姐妹天天混在一起，她离不开这样的环境。

结婚的时候，他们贷款买了一套三居室的房子，从南面阳台上望出去，可以看见远处的碧源湖、玉灵山。

住房又是个问题。市里给调过来的职工安排过渡房，期限只有一年。

"我们哪有钱买市里的房子？那边房价是这里的两倍

多！就算把我们这套房子卖了，首付都困难。"

他考虑了几天，把自己的想法委婉地向处长汇报。

处长搓搓手，一个劲地说："可惜啊，可惜呢。"

见处长这样，他心里又不甘心起来，说再考虑考虑。处长表示最多给他一周时间。他又跟李青商量，是通过视频通话的方式。

"领导这么器重我，我不好回绝。"

李青刚洗完澡，用大毛巾擦烫好的长发："你去好了，反正我不去。"

他耐住性子，解释充分点："在县里干得好，最终还是要去市里，甚至省里的。你看我身边好多同事，不都来了市里？他们把家搬来，周末开车五六十公里回去，看看老人，会会朋友，不挺好的？"

李青拿起梳子，侧头用力梳："是啊，五六十公里，你每周开车来回，我同意。不过，你做得到吗？现在你一个帮工都加班加点成这样，成了正式秘书，每天不得在单位打地铺？"

他一时语塞，真做不到每周回。不要小看这短短五六十公里路，周末高峰出市、上高速或快速路、再进县城，没有两小时到不了。有些同事周五下午没事，悄悄地赶在晚高峰前回到了县里。他即使周五可以回，也要等下班。

现在的天，五点半全黑了。

他退了一步："那也行，我先过来，看情况你再定。"

"随便你，随便你。"李青在烦躁地拉扯头发的同时，把电话挂断。

就在下决心再找处长汇报的时候，他看见邻县一个借用人员点头哈腰地进了处长办公室。

他随口问要调走的秘书，那人干吗去。

"这不是我要解脱了吗？处里紧缺干活的人，处长想把他留下。"秘书一边整理抽屉，一边大大咧咧地说。

听了这话，他大吃一惊，原来他还有竞争对手。按秘书的话，自己还排在第二位，甚至更后。他扫了一眼那几个刚来不久的借用人员，个个像没听见秘书的话似的，沉浸在写材料状态中。他知道，他们都把秘书的话印在了心里。

他犹豫了，没有去找处长表态。

中午，他来到公园，没什么心思锻炼，就沿路走走，从进门的第一棵水杉树数起，到湖边，一共是八十八棵。

初冬阳光晒在他的薄羽绒衫上，衣服散发出香气。他想起认识李青那次，也是这个时节，几个朋友聚在郊外烧烤，大家对着蓝天白云唱歌、嬉笑。李青很会唱歌，她拿手的居然是经典老歌，唱的《甜蜜蜜》迷住了他。之后好几天，他都不自觉地反复轻声哼唱："甜蜜蜜，你笑得甜蜜蜜，好像花儿开在春风里。"

恋爱进展很顺利。双方家长见面非常开心，终身大事很快敲定。春风沉醉的日子，他俩携手步入新生活。

一切堪称完美。只有生孩子这事，三年多了，还没结果。如果有孩子，给李青做工作又多条理由，为了孩子教育，市里总比县里强。可现在一提孩子，肯定立马谈崩。

他选了一张临湖的公园椅坐下。凉凉的风吹来，他摸摸头顶，头发竟然少了很多，而他虚岁也才三十。

城市规划建设特别好，湖比碧源湖大好几倍，四周高层住宅、写字楼各型各色，令他浮想联翩。看似简单的一户人家、一格办公席位，都是奋斗而来的。

他父母都是普通教师，一辈子在县中学教书，没有一点背景。他暗自捏紧了拳头。本来，在李青一百个不愿意的情况下，他还想试探处长的真实意图。如果处长真正看中他的才华，那么从言语中，应该透出欣赏或者"求贤若渴"。而现在，明摆着竞争十分激烈。他的好胜心被激发出来，不由自主地被推上一条轨道，轰隆隆得像列车般前行。他认真思考以什么方式跟处长谈合适。

县里跟市里有明显差异。这半年，他深刻体会到了。平日里，他在县里说话毫无顾忌，即便有人听了不高兴，两三天后也就好了。市里不一样，不仅说话要注意，一举一动都要谨慎。

刚来的第三天早晨，他拎着水壶去开水间打水，走在空无一人的走廊里，一放松，吹起了口哨。上班不久，他就被处长叫过去警告，说一位领导上班时听到口哨声。

"这里是单位的中心部门，你还以为是综艺大舞台？"

从那天开始，他走路都眼观六路、耳听八方，一旦有领导出来，及时问候、让路、抢按电梯钮。

领导点头微笑，他心里就像喝蜜一样甜。

他猛地发现，自己在变，变得在乎现在的一切。他觉得李青缺乏远见，只顾着一个小圈子。

湖水静静拍打岸堤，他想着古人关于"变"与"不变"的名言。远远地飘来一首乐曲，美妙惬意，每个音符都敲在他心尖。他一时想不起乐曲名字，闭起眼，时断时续的音乐让他产生错觉。他还是个孩子。整天在街巷、田野里奔走，不知为什么，他就喜欢跑，跑起来就停不住脚步。当他知道地球是圆的后，躺在床上想，如果有一条路，笔直向东无限延伸，他会踏上旅途，不停地奔走，直到回到原点。单纯和简单一直占据着他的内心。于是，他认为其他人也是这样。

乐曲终了，他突然觉得李青的处事方式可能是正确的。人总要回归原点，只是自己内心还存有希望。

他想好对处长要说些什么了，还告诫自己要见机行事。盘算了好几遍，他站起身，原路返回，走出公园。

下午突然来了个紧急任务，处长忙乱得像个苍蝇，不时盯这个、盯那个。他接过任务开始认真工作。

下班前，初稿合成。处长看后把每个人骂一通。他知道，处长只要脖子上青筋暴出来，那么十有八九要通宵加班。

他悄悄地把一个苹果、两块黑巧克力吃了。这个当口，如果大摇大摆去食堂吃饭，处长都会冷眼看着。

他又看了一下会议室挂钟，熬着熬着，时间已经到晚上十一点半了。现在最大的问题，也是他认识到的秘书处的最大缺点：处长自己并没有思路。总是在吼，吼过之后，说出来的话，没有主见、新意。处长有一个小本子，用来记录领导的指示和想法。处长只会"原原本本"地传达，多一字、少一字，都会惶恐不安。

好几次，处长转述的话，明显有差错。他委婉地提出，却被迎头痛击。

还有一次，他本着把工作做得更好的单纯心，向处长提出，稿子是他起草的，汇报时能否请处长带着他一起见领导。

处长随手拿起一大沓文件问他："这么多重大机密事项要汇报，你觉得合适吗？"

等处长走远，秘书告诫他以后再不能提此事，这是处长的特权，挑战特权还了得。

零点到来时，他实在忍不住对材料的修改提了自己的想法和意见。也许是大家实在不愿再呆坐下去，竟然鼓起掌来。处长眼神犹豫了一下，然后用手一拍会议桌："就这么改！"

大家"哇哦"一声散去。

他站到窗前，打开一瓶矿泉水。此刻，城市灯火阑珊。水有点凉。直觉又在提醒他，秘书岗位，甚至处长岗位，是适合他的，努力奋斗就会有回报。

他回到电脑前，打开文档，一行行字整整齐齐地映入他眼帘。他想自己正在换一种方式生活，以前熟稔的数字、方程式正变身为一个个规整方块字，不管喜不喜欢，他都得往这条路上走，还要走得稳健，不露声色。

——小雪——

| 让熟悉的东西变得陌生

　　细数之下，我做文字工作快三十年了。一句话颇能概括这些年感受："如人饮水，冷暖自知"。然而，我在文学创作中却很少涉及这个题材，主要顾及几个因素：天底下吃这碗饭的人很多，高人都沉默，我急着去表达，又怕贻笑大方；太熟悉的事物往往把握不住；文字工作的支撑、保障性质，也使写作者隐匿后台，工作辛苦而枯燥，想要生动地叙述并打动读者有难度。

　　可我还是写了。我想到马尔克斯说过的一句话："让熟悉的东西变得陌生"。文字工作和写作者本身有许多维度，将这些维度打碎、揉搓、整合，似乎能够起一些"化学反应"。

　　写作《小雪》时，听到一则传闻：一位被借调的年轻人，不堪文字工作压力，心理和精神上产生一点小问题。我想他应该尽早离开不合适的岗位，好好休养，调整好身心，毕竟身体是最重要的。翻看我年轻时记录下的文字，看到很多年前，自己写下的几句话："虽然眼前稿纸一片空白，但是我知道，只要坚持一个字、一个字写下去，很快稿纸就会铺满深蓝的字。"那时，我喜欢用钢笔吸深蓝墨水写字，也喜欢听笔尖扫过稿纸的"唰唰"声。

　　然而，很明显，现实的工作压力、怀旧的钢笔墨水稿纸等，只对熟悉文字工作的人起作用。于是，我在小说里加入了"异地挂职"，时空距离总能产生戏剧冲突，生活和工作中的矛盾也会凸显。不然，老是对别人说："文字工作真是辛苦啊"，别人也只在嘴上礼貌地附和："那真是辛苦"。起不到特别作用。

　　文字工作当然也有快乐，这种快乐，旁人也不深谙，我称之为"隐秘的快乐"。不是球场赢球的大笑，不是考试分数第一的傲笑，不是美食满足惬意的笑，而是从内心发出的会心的笑。有点像初恋情人之间的默契和窃喜。

　　文字工作的艰辛和快乐，在短短四千字小说里写透，是不可能的。就让《小雪》做个开端，把这件相伴我半生的事业，在今后的小说、散文里，展现得更加真切生动吧。

大 雪

　　高铁上，他看到窗外密密飘舞的雪花。在他微微走神的罅隙里，雪在江南大地上积了起来。看到白茫茫的一片，他心里悲苦加了倍。

　　列车减速，城市扑面而来，熟悉而陌生的街道一闪而过。他想到了时间，比高铁更快，不过带走的是人。

　　他从不愿意在同学、同事面前提起故乡，如果非得说，就含糊地提江南城市。车靠站，他匆忙起身，取行李箱，背上包。好多次，列车停靠这个站时，他都忍住不下车。这一忍就是八年。

　　弟弟在出口处向他挥手，随之一起抖动的是黑臂章。他走到弟弟身边，搂住肩膀，轻轻拍几下。弟弟低下头，接过行李箱，领他走向停车场。这两年，每季度弟弟都坐三个多小时高铁来看他。有时到他家吃顿饭，有时只在他单位坐坐。每次弟弟走的时候，总是这么一句话："什么时候回去看看吧？老人非常想念你。"他回答"嗯嗯""知道了""再说吧"等。而今天一早，弟弟电话里只说了一句，他就立刻抛下所有事情，朝着已被列为虚无的城市赶来。

弟弟的父亲，他的继父，清晨突然往后一仰，倒下再没起来。

鹅毛般大雪纷纷扬扬，市区也开始积雪，车堵起来，弟弟骂了几句鬼天气。眼圈黑黑的，就像即将入夜的天色。

电台主持人一开口就是"特大""百年不遇"，听得心烦，弟弟关了广播。电动车厢里静得让他心慌。

"走得没痛苦，也是修来的福。"他刚憋出这句话，就想到了母亲。他该怎么面对她？不管什么原因，八年没来见母亲，必定是错误的。虽然他每次都让弟弟带钱、带东西给母亲，但这抵得了什么？

弟弟默默点着头，双手紧握方向盘。弟弟太像母亲了，大到走路、说话，小到嘴角的牵动、鼻子的翕动，都是男版的母亲。有时，他盯着弟弟看会出神。一会儿是母亲的样子，一会儿是弟弟小时候的样子。

弟弟手机里的母亲一直在老去，他看着照片愧疚感加深。不过，如果弟弟提出来可以视频一下，他又忙不迭地摆手。他还没有做好准备。这下，完全打乱了他的算盘。头脑里预想的大团圆结局，彻底破灭。他没有机会说抱歉，没有爱就没有谅解。在大雪天温暖得逼出汗的狭小空间里，他如坐针毡。如果能一下子快进到此刻，掠过八年时光，那么他再也不会面对弟弟多次的诚恳邀请，摆出傲慢、生硬的丑态。

很多事情，做了就再也回不去了。

上高铁前，他跟女朋友通了一个长长的电话。虽然她隐约知道他有一个回不去的故乡，却不知道有这么多故事。那种深深的芥蒂，似乎只有当事人才陷入其中不能自拔。这个电话打下来，他与她之间原本犹疑的关系，一锤定了音。她要求一起回家乡，他没有答应："我希望你出现在喜庆的氛围里。"

电动汽车转过一个大广角，他紧盯着大片绿地看："怎么是公园了呢？"

"长途汽车站早就搬迁城北公路上了，这里被改造成市民休闲锻炼区好几年了。"弟弟又指着一些高大建筑给他介绍，可他都没听进去。终于，噩梦般的长途汽车站消失了。

八年前，也是个大雪天，他高考复读在家。从高考分数出来，直到冬天，他说的话几乎不超过十句，而且都是对还在读小学六年级的弟弟说的。

冲突的起因是什么，他已经忘记了。只记得那个夜晚北风凄厉，雪花狂舞。继父把酒杯往餐桌上一顿："有本事考个好成绩回来，整天臭着个脸，好像大家都欠他似的。"

他早就三口两口扒完一碗饭，坐到高低床旁的小书桌边，订正一张数学模拟试卷。高复班数学老师不知道哪根筋搭错了，出了一张奇难的卷子。全班六十个学生，只有三个人考到六十分。他只有三十五分，这是他最差的一次卷面成绩。他高中三年，每天都在奋发努力，放弃了所有的爱好：打球、写诗、打桥牌，为的就是考出好成绩。他填写的志愿，没有一所本地高校，最远的有哈尔滨、西宁。他要尽早离开这个家，畸形家庭对他来说充满压迫。可他又是这么爱弟弟，从第一眼看到起，他就发誓要爱他、保护他。他睡在上铺，每天深夜都要探头望望弟弟被子有没有盖严实。弟弟属于他，而他认为自己不是这个家庭的一员，脑子里这些混乱的关系，无法解释的悖论，使他陷入苦恼。最好的解脱就是出走，但越是这样期盼却越考不好。高考分数出来，只有他平时的三分之二水平。他咬咬牙，复读！但他的心理压力更大了。每个复读的学生，都像做错事的孩子，头不敢抬，话不敢讲，都有一颗炸毛的心。

他清楚地听到了继父那两句酒话，开始，他已把愤懑咽下去。寄人篱下，大概就要承受这样的折磨吧。可是母亲接了话："他还是个孩子呢，要怪就怪我吧。"

他本来浑浑噩噩的心，被母亲的话激得锋利，像一把出鞘的利刃。他冲出卧室，抄起一个玻璃杯朝继父猛地砸过去，高声喊一句："你这个酒鬼！"玻璃杯在继父身后的墙砖上粉碎。

继父扑向他，两个人扭打在一起。母亲疯狂地劝架，弟弟尖叫哭号。

"快走，你打不过他的！"母亲拼命地喊。

他退回卧室，插上插销的那一刻，人突然静下来了。继父在客厅里的咆哮，正从他脑子里被移到很远的地方。他有条不紊地收拾着衣物、课本、过年拿到的压岁钱、母亲给的零花钱，等所有东西压缩进一只大背包里后，他才意识到，一个局外人将要离开。

他大大方方地打开小小的卧室门，昂首挺胸地往大门口走。继父又坐下喝酒，还点了香烟，房子里充满了劣质烟酒的刺激性气味。母亲上前阻止他，拉他胳膊、拉背包带，跪下拖他的腿。继父喘着粗气冲着母亲嚷嚷："让他走，有种不要回来！"

他挣脱了一切，像一只第一次飞翔的雏鸟，虽然吃力地扇着翅膀，但是内心轻松自由。暴风雪来得正是时候，即便没有目标和方向也不要紧，艰难旅途就是最好的归宿。

现在，在旅途中漂了八年，他终于回归了。完全没有料到的是，心情如此沉痛。是的，并不止沉重。在高铁上，他就意识到这一不寻常的变化。弟弟常捎带母亲的口信。最先浮现出来的是两句话："这么多年了，也该谅解了。""他再怎么不好，毕竟照顾了我这么多年。"接着，那些从没入过脑的话，相继蹦出来。到后来，他竟坐不住了，在车厢连接处踱步，有时迎来漆黑隧道，有时身子斜着承受列车漫长的转向。

母亲生下弟弟那年，患上了类风湿关节炎。初起时，手指第二关节肿大、胀痛，后来发展到脚趾、膝盖、手臂等关节。母亲很少抱弟弟，连喂奶粉、奶糕等都是继父来。他还跟继父抢着抱弟弟。继父嫌他人小力气弱，他嫌继父粗手粗脚。

三年前，技校毕业的弟弟，选择开新能源汽车维修店。深秋时节来看他，得知一个不好的消息，母亲坐了轮椅，家务事都由继父这个刚退休的老头来承担。

当年，好多媒人来给母亲说亲。大大咧咧的介绍人，有时候也不避他这个小孩子。说有个精工车间主任，不仅工作好，人也好，能干各种家务活。那些家伙就是不提脾气的事。

弟弟没出生之前，继父基本不喝酒。弟弟百日宴那天，他见识了继父的大酒量，在一帮徒弟的怂恿下，继父喝了两瓶高度粮食白酒。他们高声唱着歌，围成一圈，笑成一团。他记得自己也加入进去，有个卷头发、留小胡子的人给他喝了一小杯白酒，真正意义上的人生第一杯酒。他看到了夸张世界的模样。

继父从此乐呵呵地喜欢在晚饭桌上添一两杯酒，大家的目光和话题都盯着弟弟。这是一家人的蜜月期。

弟弟指指前面说："快到了。"

顿时，全身血液往他脑子里冲。他看不清前面的街巷，雪下得太大了，他还没做好准备，该以什么样的姿态走进家门，而弟弟已经在倒车。风雪中，他瞥见了一排排白色花圈、黄色花篮。他什么都没准备，要不要补点什么？

弟弟在黑暗中对他说："下车！"

这是弟弟说的唯一强硬的话，一句不征求他意见的命令，他却乖乖地严格执行。

老式楼房敞开着的单元，陷入漆黑。只有一个单元的楼道被强光照亮。他机械地随着弟弟朝亮光走去，走的过程中，他踩到了石子，鞋滑了几次，腿被什么东西挡了一下。可他还是往前走，自己都不知道迈的步子是快还是慢，只知道自己在移动。

八年前那个夜晚，他爬进长途汽车站候车室。九点过后，所有车辆停发。工作人员收拾工具，保洁人员打扫卫生。灯全熄后，他躺倒长条凳上，寒气围拢来，他抱住背包，呼吸久久不能慢下来。突然，他听到急促的讲话声，接着，候车室灯全都打开，他赶忙钻到凳子下。

"看看，看看，我说没人吧！"

"谢谢！那我们去火车站候车室。"

灯又灭了。他回到凳子上，却没马上躺下，透过窗户，他看见大雪中两个人点头哈腰地向一个戴大盖帽的人致意。瘦高个继父头上突然亮了一下，几根乱七八糟的白发刺出来，在碘钨灯下向着大片雪花招摇着，挑战着，慌乱没有章法。

沿着渗着白光的楼梯一级一级往上走，他脑子里出现了那几根白发和片片雪花。

──大雪──

| 发掘雪层下的隐情

今年天气很奇怪，国庆节的一天气温居然达到40摄氏度。之后虽然起过几次寒潮，却一直不像秋天。11月的温度稳定在20摄氏度左右，直到月末的一次"入冬以来最强寒潮"来袭。那几天，江南飘起了片片白雪，虽然时间短暂，可大家仍然欢呼雀跃。有了雪，才像冬天的样子。我一直认为，春天嫩叶、秋天红枫，不会占据记忆的主要内容，寒冷、酷热才被我们铭记于心，而那些记忆都有特殊记号。

有一年，母亲请裁缝给我做了件棉袄，宝蓝色的面子上有两道呈浅"V"字形的白杠，是用腈纶棉贴上去。当时正是人工面流行初期，裁缝可能为了美观，也可能为了展示宝蓝棉袄的新质地。棉袄在大家穿衬衫的时候就做好了，我一直盼着降温。那年似乎跟今年差不多，直到大雪节气左右，才来了一次凌厉的降温。那是一个雪后初晴的休息天，实习老师带我们几个去参观大学校园。隔天晚上，我就把宝蓝棉袄拿了出来，与笨重、黑色的老棉袄比起来，它就像衣服里的精灵，轻盈、漂亮、柔滑。梦里，我在欢快地奔跑，穿着宝蓝棉袄，似乎再加点力，身体会踏云登天。醒来后的头一件事情，我就把宝蓝棉袄套在绒线衫外，照照镜子，神气十足，堪比《英俊少年》里的海因切。

有同学在外面喊我名字，要出发了。走到天井里，阳光射在新衣服上，蓝白交界处发出炫目光亮。一瞬间，不知什么东西在我脑子里打翻了。我羞愧起来，快速回屋，拎起一件宽大灯芯绒旧衣服套在了宝蓝棉袄外面。老师和同学们都没有发现我穿了一件新衣服。我被旧衣服箍得紧紧的，还一直在冒汗。不过，我很踏实、很开心。大家都穿了难看的旧衣服。后来，大年初一，我才把灯芯绒衣服卸下。像梦里一样，轻松地穿着宝蓝棉袄与小伙伴们一起飞奔、打闹，迎接崭新的一年。

弗洛伊德认为：童年时代的感官体验，对于长大之后的成人生活有着非常深刻的影响。有些事情，隐藏在我们的潜意识中，直到要采取具体行动时，大脑才会做出判断。我写《大雪》，也就想寻找被厚厚的白雪覆盖了的真相，或者说隐情。没有人没有隐情，只是程度不同。小说是一种很好的手段，通过细节展示人在被隐情唤起的瞬间，就像我至今还清晰地记得，雪后阳光照在宝蓝棉袄上，亮闪闪的。

冬 至

　　她洗好一位年轻人的头发，请他坐到凳子上等候。凳子上已坐等三位。这时，第一个客人把围在头颈里的毛巾拉下，扔向空荡的理发椅。

　　"还要等多久？天这么冷，都快感冒了。"

　　她赶紧说："阿亮去配个药，马上来，我打电话催催。"

　　她给客人递上热毛巾，拨通阿亮的微信电话。

　　"喂"了一声后，她声音小了下来。阿亮说还在排队取药，让她稳住客人。她只能说："哦，好的好的，你抓紧点。"

　　她跟阿亮从北方小城来到这个江南城市时，完全听不懂这里的方言。二十多年下来，虽然自己不能讲，但客人的每句话她都能听懂。

　　客人进门，先给洗头、按摩，既是服务，也是留住客人的一种方式。她曾经想过学理发，但店里就两人，都是大师傅，谁来打下手、做杂事？小时候，街坊邻居都夸她手巧，刺绣、缝纫、剪窗花样样行，新娘子盘头、梳辫子也都找她。

阿亮给她分配的有技术含量的任务是卷发、染发、烫发，还说心细手巧的才做得来。其实就是辅助工的意思，阿亮的嘴就像蜜糖发射器。

她还是悄悄地学会了理平头。阿亮只知道她会推推，没想到她技术娴熟。

"阿靓发屋"每周二休息，节假日除春节头五天，其余日子都不休。阿亮从开店起就立下这样的规矩。

有一阵子，她周二一大早就出门，十点多回家烧午饭，看上去很正常。阿亮却起了疑心，一天清早，阿亮跟踪了她。

遥远的北方，有她牵挂的人。父母年纪大，弟弟患自闭症，需要老人照料。学会推平头后，她去了几次养老院，义务为老人们理发。理着理着，她眼泪就掉下来了。看着那些老人们的样子，她想到自己父母。他们身体只会越来越差，她心里也只会越来越难受。

她联系了消防队，提出义务为小伙子们理发，全市五个大队，正好一月轮一次。小伙子们喊她姐，她开心激动，把他们个个理得精神抖擞。弟弟要有这些消防队员一小半强就好了。阿亮埋怨她不带他一起做义务理发师。她回答丈夫，手艺一般的做义工，双方都心安理得。

回到店里，她仍然只打下手，任何理发工具都不碰。她给阿亮围上红色工作围裙，自己系上黑色的。她觉得长波浪头发配黑色围裙，最有示范效应。店面只有二十多平方米，每个细节都精心设计。她不摆噱头，在第一家店里，给客人提供桶装矿泉水。现在换了新地方，又给客人准备带锁的储物柜，她还泡好陈皮红茶端给洗好头的客人暖胃。

坐着的客人全嚷起来了。头发湿漉漉，即使开了暖空调，头上也吃不消。她做了个大胆的决定，"唰"地给第一位客人围上白色围裙，操起打薄剪刀，认真地操作起来。

大家闭了嘴，瞪大眼睛看着她。都是熟客，有的还是从第一家店开张跟到现在的老主顾。她操刀上阵，他们以前想都没想过。

"老板娘啊，你这么能干，以前怎么没见你出过手啊？"

"我只能顶班，应急。"她一口北方话，显得真诚质朴。

客人满意地望着镜子里的新发型，连声夸奖："理得好啊！比亮哥还好，以后我来，就嫂子你给我理了！"

第一位之后，她接着理了四个头。以前也不是没顶过，最多理一两个，今天连续理这么多，亏好都是男式短发。

阿亮拿着一大袋药跨进门，连声向客人们道歉。有个客人开玩笑说:"嫂子上岗,阿亮要下岗呢!"

阿亮连声说:"我巴不得呢,早不想干了,呵呵呵。"

她用余光扫了一眼药袋子,感觉这次配的药又多了点。阿亮四十岁之前几乎没有进过医院,这几年,突然发了很多病。先是尿酸高引起痛风,最厉害的时候,他坐着翘起一只脚,替客人理发。接着颈椎炎发作,艰难地抬手使剪刀、电推时,头上挂满汗珠。现在血糖又高了,空腹超过8mmol/L,餐后两小时达到12mmol/L。痛风、颈椎炎难受归难受,血糖高才是对内心的一大打击。她感觉到阿亮的一系列变化:什么都不敢吃,闭店回家再晚也要坚持跑步,聊天话题绕不开健康等。

阿亮接过理发剪,她长长舒口气,帮刚进门的客人洗头。一下子放松下来,她忽然觉得手臂、双肩酸胀。"阿靓发屋"早上九点开门,晚上九点关门,生意好的时候,阿亮要剪三四十个头,日常平均一小时起码做一个客人。每天,她插空做好的饭菜,要热好几次后,阿亮才能扒上几口。二十几年都这样,阿亮身体在她眼前一天天垮下来。

她从洗发台瞄了一眼丈夫,背驼成龙虾样。白发太多,她索性每三天用刮刀替他刮一遍。今天阿亮头皮特别亮,泛着光。

她认识阿亮时,他长发披肩,是北方小城的吉他歌手。

他在小酒吧里弹唱《同桌的你》《蓝莲花》《白衣飘飘的年代》。她是酒吧服务员,在他歌声里擦桌子、递盘子。渐渐地,她在回家的时候,也悄悄地哼上一两首时髦的校园歌曲。虽然初中毕业后没考上高中、技校,她还是喜欢校园氛围。开始她以为吉他歌手是一位大学生,买来校园歌曲卡带,请他签名。说不定他是老狼、叶蓓的同学呢。

可阿亮不是,他只是一个靠弹唱挣钱的歌手,她反而放下了心。与阿亮能够平起平坐了,以前那些关于学历、知识、见识等的担忧,全都不存在了。她可以单纯地追求喜欢的人。

小酒吧倒闭了,他俩坐在台阶上商量。阿亮父母是支边教师,前些年回了江南老家,如果她同意的话,一起回南方创业。

"可是,我们能做什么呢?"

"唱歌肯定不行,得做稳定的职业。"

"除了弹吉他唱歌,你还会什么呢?"

"我还会'修理'人。"阿亮双手做钳形来卡她脖子。

阿亮学历比她高点,念过职校。他学宾馆管理专业,顺便学了美容美发,弹吉他和唱歌完全靠天赋加自学。

店里客人又杂又多,她静静地看着听着,无非就是那些钱的事情。心里想着,还是自己年轻时好,能爱上吉他声和歌声。

她跟阿亮来到这个江南城市。刚开始寄居在阿亮父母家。他们住朝北小房间，冬天江南不采暖，她把刺入肌骨的寒冷当作父母对她不辞而别的惩罚。几年后，当她慢慢适应江南气候，与父母的关系也缓和了。老两口来到江南，抱到胖乎乎的外孙子，眼泪淌了下来。

"今天冬至，我回家包饺子。阿亮，烫发时间不要太长。"一位老顾客进门关照阿亮。阿亮点头连声说"OK"。

她知道老顾客也是北方人。她看看街上，一年中最短的白天很快就要过去。明天起，日脚又会一天比一天长。日子被年框住，她困在这二十多平方米小屋里，毫无趣味地滚过四季，又来一遍。

已经热过两遍的饭菜，阿亮还没工夫吃。主食是一根玉米，菜是炒大青菜和洋葱炒牛肉片。她忽然想念有公公婆婆在的日子。如果他们还健在，昨天晚上肯定会喊他们过去，按照习俗先祭祖，然后吃一桌冬至夜饭，有冬至馄饨、冬至团子、羊糕、熏鱼、"安乐如意菜"，还有"冬酿酒"。阿亮血糖高，也要尝这甜甜的桂花米酒，她也喜欢喝。可今年春节后，老两口先后离他们而去。昨晚的冬至夜饭，她就在店里给阿亮煮了速冻水饺。阿亮没说什么，也没提什么"冬酿酒"。她准备等傍晚时分，客人少点的时候，出去给阿亮买羊肉汤回来喝。他最喜欢在羊肉汤里放大把大蒜叶和浓郁的辣酱。

也有令她开心的事情。去年儿子从三加二大专毕业，找到了地铁列车驾驶员的工作。从小到大，她和阿亮都没时间照顾儿子。周末得干活，更没法陪儿子玩和补习。还好，儿子不怎么优秀，也不怎么差，长得过得去，一上班就跟单位里一位站台服务员谈上恋爱。女孩生在普通工人家庭，也没有好高骛远的想法。她和阿亮拿出所有积蓄为儿子新婚房付了首付，剩下的让两个孩子贷款还。

儿子大喜之日，阿亮拍拍床沿，感慨地对她说："我们现在'赤脚地皮光'了，不过呢，也没什么牵挂了。"十月金色阳光从窗外照进来，黑色床沿油光锃亮。

那天晚上，阿亮被从北方远道赶过来的伙伴们灌得七荤八素，拎起话筒抢了乐队的生意。二十多年了，她再次听到《光辉岁月》和《穿过你的黑发的我的手》。阿亮还在台上唱，她跑了出来，坐在宾馆花园九曲桥上，一条条锦鲤向她聚拢。这池塘像整个世界的缩影，鱼儿也有快乐和忧愁。说不定也和人类一样，忧愁远大于快乐，尽管它们看上去无忧无虑。

她端了杯热茶送给正在工作的阿亮。每次看到阿亮坐到滚轮圆凳上剪发，她就知道他累了。

刚开店时，阿亮手勤话多，不知疲倦，吸引了很多客人。每年，阿亮还会去广东一次。他贴出自己手写告示："因学习新业务需要，本人赴南方参加培训十天，由此带来的不便，敬请各位谅解。本人定将以更新技术回报新老顾客的惠顾和信任！"

阿亮回来把新技术首先用在她头上。有一次，他学会"爆炸头"。她不肯做试验品。阿亮就捧她："在香港，这种头被称为'米雪头'，你不仅长得像米雪，气质还更胜一筹呢。"结果，爆炸头做成了马蜂窝头，不得不剪成男孩头。

这些年，阿亮没再去南方学习，不再创新，连理发价格也统一成男女剪发一个价。有些老顾客说吃喝都这么涨，理发贵点说得过去。不是阿亮不想涨价，推开店门望出去，沿马路看得见的就有两三家理发店。留住客人可以靠技术、感情，最终还是靠价格。

天很快暗下来，阴沉沉的。阿亮手里有一个客人，凳子上已经空了。她走出店门，立刻闻到一股炒菜的香味，美好的事物总能使人愉快。她掌握了阿亮一个小秘密。

阿亮父母在世时，周二上午，他总是到老人家帮着做家务事，跟老人们聊天。他们走了之后，阿亮似乎还是很忙。她发现客厅里出现了一把吉他，擦得很干净，弦也紧绷着。这把从北方带回来的吉他，到了江南从来没有被取出来过。

　　那天，去消防队时，她出门转弯躲在暗处，阿亮背着吉他出小区。清亮的歌声从福利院传出来，她想到了弟弟。她抬头看着蔚蓝天空，不知道弟弟会不会也想念姐姐。最近一次视频通话，父母把镜头转向弟弟，他用双手拼一个大大的心送给她。虽然这是一个四十多岁男人的幼稚祝福，但她真的好开心，也触发心里的隐痛：父母无法照顾弟弟后，该怎么办？阿亮歌声还没停歇，就响起热烈而又杂乱的掌声。墙外，她禁不住也拍起了手。

　　闻着香味，她向羊肉汤店走去。突然间，几片冰冷的东西打在她脸上。

　　啊！雪来了！

冬 至 | 273

——冬至——

| 暧暧内含光

冬至前一段时间在北京参加中国作协第十次全国代表大会。每到下午四点模样，光线就暗了下来，这是一年中日光最短的时节。街上行人穿着厚重大衣、蓬松羽绒衫顶风而行，室内保持着春天般的温度。要不是干燥，我会认为冬天最适意的就是北方了。

连日来，作家代表们一直在热议"生活就是人民，人民就是生活"，这是把握时代脉动、领悟人民心声、推动精品创作的源泉，优秀作品来自生活、来自人民。

转眼间，《虎嗅》专栏已完成一年写作任务，先后推出十二期、十二篇短篇小说。这些作品取材于城市生活，反映普通城市人的喜怒哀乐，通过十二位工作不同、个性迥异的小人物，多视角展现社会变迁、时代发展。他们当中有教师、快递员、清洁工、销售代表、餐饮店主等，他们的生活和工作细微、繁杂，看起来不足挂齿，可汇聚起来，就成为时代声音。"新时代文学"就是要深刻反映时代洪流中人民的形象。

《冬至》讲述一对理发师夫妻的故事。不少细节取材于真实生活。比如，一位小巷女理发师常去养老院做义工，为老人们洗头、理发，可她更愿意到消防队给战士们理发，她觉得为老人们服务固然好，为小伙子们服务更能感受生命活力、勃勃生机。再比如，每次说到遥远北方父母身体不太好时，女理发师总会别过头去，再回过头来时，眼里闪烁着晶莹的泪光。这些看似普通的事例，实则反映出最朴素的情感，正如同古人说的那样：在涅贵不淄，暧暧内含光。每位普通人都这样：不追求表面浮夸，只在乎内在踏实、冲和。

冬至过后，马上迎来崭新的 2022 年，又有新的十二个故事等待我抒写。静下心来想自己的写作计划，几个关键字跳了出来。"光"：心中有光，才能映射出普通城市人的真实境况。"爱"：关注、关爱他人，贴近生活本源，才能发掘出人心灵深处最真实部分。"善"：以善念描述人们的语言、行为、思想，便会发现其实每个人都"心存善念"。"精"：今年的十二篇小说处于探索期，质量难免参差不齐。新的一年里，我将树立精品意识，探索城市文学新途径，塑造一批有血有肉的典型形象。

此刻，虽然天光即将暗下来，但是我透过窗户看到大街上的每一个人，都是那么鲜活、生动，神采飞扬。

小 寒

　　出门时，他被耽搁了一会儿，一个客户为施工图上的两个细节来磨他。冲到站台，地铁正在关门，从楼里跑到地铁站台短短五分钟时间，手机上又多出几条新信息。着急地候车，不过，他还是把信息都回了。还有一分钟，他顺手刷了一下朋友圈，满是"小寒初渡梅花岭""霜风落叶小寒天"这样的诗句。糟了！匆忙中忘了拿外套。一年中最冷的一天，这个念头挥之不去。站在暖气很足的地铁车厢里的他，下意识把夹克衫拉链拉到顶。突然间，他隐约觉得心里凸起一块，想深究，却听到火车站到站的提示音。

　　跑在长长的地下甬道里，他在急促的呼吸里闻到了血腥味。一个女明星双唇涂得血红，还把一根食指竖在嘴唇上。广告语他来不及看，大头女明星的动作印在奔跑的脑子里。

她是在警告我吗？我是不是跑得太快？我可以歇歇吗？缺氧中的思考，让他思维混乱。直到刷身份证过了高铁检票口，他才长舒口气，放缓脚步。天是铁灰的，高铁颜色也显得暗淡。北风刮过站台，树叶和纸屑在打转。他大步走着，脑门上微微冒汗。

他的座位是 F，靠窗，邻座 D 空着。到 S 市要三个小时，他先把手脚伸展几下，随后打开电脑，邮箱里有几封未读邮件，是他让工程部发过来的。看着表格、数据，他习惯性地把手伸到背包侧袋拿水，一摸，是空的。外套和水，还有看到一半的《柏林谍影》，都忘了。他闭闭眼睛，人一匆忙就会出错。

他十多年来，除去很少的节假日，每天不外乎这几样：晚起、挤地铁、打卡、开会、出差、应酬、晚睡。高铁上，十有八九的人捧着手机，看剧、聊天、打游戏。多少年过后，有人回看纪录片，他们会得出结论：那是一个被小方块统治的时代，小方块摄取人类心智。来势汹汹的事物，被淘汰也会很快。他睁开眼，发现 D 座来了个老太。乘务员搀扶她坐下，帮她把箱子放到行李架上，车开了。

老太坐下后，怀里紧抱着一个布袋子。白发下一双眼睛眯缝着盯着前座搭下的白色枕巾，上面印着某品牌电器的广告。她没有调座椅靠背，笔直坐定，一动不动。他继续看表格，一串串数字让他心烦意乱。S市的大老板明天要听他的团队汇报，此时窗外已经黑透，他得抓紧时间。另建一个空白文档，几乎在三秒钟之内就写下标题，关于某某工程进展情况的汇报提纲，而正文，却在不停闪烁的光标前止步。车厢里各种杂音袭来，孩子的哭闹声、小视频声、打电话声、大声聊天声，他无法集中精力，却又不能放弃。汇报小组的先遣人员已在S市某酒店会议室等着他，他得定汇报基调。

戴上耳机，噪音稍稍隔远点。他翻出多个数据比对后，写下几个汇报重点。前方到站，站起来拿行李的人有点忙乱，他索性休息片刻。老太一手攥着身份证，一手捏着车票。相比走动的人，更显出她的僵硬。

"您把身份证和票收起来，不要弄丢了。"他提醒她。

老太把票换到另一只手，又不动了。他不想再提醒了。耳边传来卡朋特的《昨日重现》，重新启动的高铁，在穿越时空。过往的人和事，一下子映入他脑海。他似乎即将进入半梦半醒状态，有个声音在提醒他，快回到车厢，回到打开的文档上。可他很累，眼皮互相黏着。一股力量在拉扯他，慢点、缓缓、不急，他几乎无法抗拒，滑向梦的边缘。

报站声音清脆响起。他从梦里惊醒，慌乱地合上电脑，伸手拿包。刚要离座，突然意识到S市应该还早。事实上，他只眯了一站路。他缓缓地放下包，重新打开电脑，悄悄地瞄一眼邻座老太。她还是保持直直的姿势，一手揞布袋，一手攥着票和身份证。回过眼神的一瞬间，某种熟悉感袭来，他又瞟了她一眼。她的下巴又长又弯，像极了母亲，刚才梦中的一些片段重袭而来。他把头别向车窗，列车正在减速驶进一个城市的站台，里外通亮。他鼻子酸酸的，眼里出现亮晶晶的液体，被车窗反射着。

母亲躺在床上，他喊了好几声，她才睁开眼，轻轻地叫了两声他的小名。护士告诉他，一天之中，来探望的人当中，她只认识儿子。他坐在病床边，握紧母亲的手，惊讶地发现，瘦削的手超乎想象得有力。隔了几分钟，她又把眼睛睁开，同时，眼角挂下长长一行泪水，他用纸巾轻轻擦。她很瘦，只有下巴肉肉的，有生机。裤兜里的电话不停烦躁震动，他坚持不去碰。过了好一会儿，那双有力的手忽地软了，他急忙大叫几声妈妈。她又缓慢地睁眼、眨眼，一下又一下，他感觉手在无力推他。他回头看看护士，护士说："你去吧，今天情况比前几天好，应该没问题。"

他乘飞机到了开会的城市，住进宾馆，躺在床上，却怎么也睡不着。零点、一点、一点半、两点，终于，他迷迷糊糊起来。梦里，母亲清晰地出现了，那么年轻、那么美丽，她伸出手的时候，他发现自己还是一个孩子，仰视着母亲灿烂的微笑。天空湛蓝，一朵绵羊云懒懒地飘动着。他把手伸出去，想牵住母亲的手，却一直够不到，他往前跑，离母亲越来越近，只差那么一点点。终于，母亲似乎听到了远处传来的呼唤，她扭头望了望，停顿片刻，回首对他挥手。他急了，身体也迅速长大了。他奔跑起来，想追上母亲，可母亲像风一般，飘散了。手机胡乱地振铃，他滑动接听键的时候，心里有个声音对他说，妈妈走了。接完电话，他翻开手机日历。今日五点三十七分：小寒。

高铁又驶进黑暗，他觉得身上冷了起来。他把电脑合上，抱进怀里，电池的温度稍稍缓解了冰凉的悲伤。他自责起来，地铁上就知道今天是小寒，却没有想到母亲祭日。三年了，每年这个日子，他都被动地记起。我怎么变成这样啦？他垂下头，耳机里一片空寂。稍隔一会儿，他悄悄地转头望望邻座老太。现在不仅下巴，脸型也越看越像母亲了。

母亲三四年没有下过楼了。那天，他终于抽出一个周日下午，把母亲从五楼背下来，坐到车上。他把车子开到湖滨公园。天很蓝，一朵绵羊云孤独地挂着。轮椅上的母亲不说一句话，经过花花草草，她都微笑。观湖平台上，她双手紧握扶手。他帮母亲站立起来。他们站在松木栏杆前，母亲贪婪地盯着碧绿湖水，白鹭飞过、野鸭戏水、鱼儿打挺，她不放过湖面上每一个动静。起风了，他把外套披在母亲身上。母亲说，有些人就像岸边的芦苇，看上去柔弱不堪，其实骨子里坚韧得很。她突然摸了摸他的脸。他觉得母亲的手，温暖又有力。

已经忘了多长时间母亲没有抚摸他了。一刹那，湖水、鸟儿、苇草都静止了。他感觉心跳在减缓，他听到血液汩汩流动的声音。母亲轻轻的呼吸声，一如既往地不愿打扰到他。他想像小时候睡觉那样，把手伸到母亲弯弯的肉肉的下巴上，摩挲着进入梦乡。考取北方大学的那天，母亲跟他说，心里装得下江南一片湖，就能装下人世间。他扶着母亲，站了很久，直到母亲的身体渐渐往下坠，他才轻声对母亲说："我们回去吧。"

那是母亲最后一次出门。从那以后，她坐在藤椅上、半躺在床上，头也要倔强地昂向天空。她在盼望下一次出行，可他没有做到。工作烦恼时，他深呼吸，湖边母子站立的那一幕便会显现脑海。每次去看望母亲，他察觉到她期待的眼神，但是从她嘴里吐出的话。总是"你去忙好了，我很好，你放心等"。可是后来母亲变了。有一次，她用力捶着大腿，叫着，我怎么这么没用，还不如让我早点走了拉倒。他加了一叠钱给护理阿姨，心里明白，这起不了什么作用，这仅是安慰他自己。即便这样，阿姨仍然隔三岔五地打电话跟他抱怨、诉苦，母亲脾气越来越坏。他灵机一动，买了一辆电动轮椅送过去。不一会儿，母亲就熟练地驱动着车子，在餐厅、房间和厨房内到处转，像个老司机。久违的笑容浮现出来，他松了一口气。但是好景不长，过几天阿姨又来告状，她不肯再碰那辆车，说自己不是孩子，不需要哄人玩具。渐渐地，母亲坐不动了，只能躺着，话也少了，但她还是把头扭向有光的一面。他去看她时，也朝着她望的方向看，除了灰色天空，什么都没有。

偶尔，车窗外闪过一些灯光，那些亮光下，有多少人在忙碌、发呆？又有多少人承受着生命中难捱的境况？他突然一怔。或许经历过人生万事，品尝过人间百味，才能像邻座老太那样不再心动，安静镇定。

还早呢，他没到这个程度。重新打开电脑，匆匆写着应付老板的汇报。思维暂时停顿时，他侧脸看看两个小时都不变姿势的老太。她仿佛无声地提醒他，快忙你的事！很快，他把数据、表格转换成汇报文字，再从头过一遍，认为成绩、困难、对策都表述清楚了，然后通过微信把文档发给先遣团队，得到他们确认后，关了电脑。

他把座椅稍稍往后倒一点，头紧靠在白色枕巾上。这才觉得又渴又饿。还有一刻钟就到 S 市了，就买瓶水吧。乘务员推着小车经过，他喊住她，买了矿泉水，打开盖子咕咚咕咚一口气喝了半瓶水。突然，他停住，叫回乘务员。

"有没有温水？""有的。"他买了一瓶温热的茶饮料。

他轻轻地放下老太面前的小桌板，把热茶饮料放在上面："您渴了就喝点热的吧。"

老太没有搭话，只是眼神稍稍往下扫了一眼饮料，很快又恢复到原来状态。他在无趣中，拿起手机，胡乱地看，掩饰一点点小尴尬。母亲喜欢喝茶，她常说白开水喝不惯，没有味道。他把好的明前茶给她，她又舍不得喝，放进冰箱。她一直喝着陈茶，借口说陈茶更有滋味。

S 市到了，他整理电脑和包，打个招呼，掀起小桌板，侧身挤过老太，随后把茶饮料再次放置到小桌板上。他对她笑笑，发现她眼里正闪过温柔笑意。

走出车厢，经过原来座位位置时，他往里看了一眼。老太正拿起饮料，眯眼仔细看着。

小寒之夜，北风刮得更加猛烈。他站在站台上，看着通亮的车厢，直到列车启动。车厢瞬间成为一条光带。

——小寒——

｜天性与人性

尽管十分讨厌"鸡汤文字"，不过"爱孩子是天性，爱父母是人性"这句话，我还是想引用一下。

如果外婆在世，今年就是一百岁诞辰。她在七年前的春天去世。我从小由她带大，感情认同上，显然她代替了母亲的地位。客观地讲，外婆对舅舅、表弟的爱似乎超过我，毕竟我是外姓人氏。她出生在富庶之家，家族内通婚，嫁给外公，她表哥。世事变迁，家道中落，最终外婆以一个普通家庭妇女的身份过了一辈子。她没有什么世俗意义上的遗产，也没有交代任何遗言。走之前的一星期的周末，我和妻子去看她。我叫她，她睁开眼睛，碰到我的目光，轻轻地叫了一下我小名。接着目光移向妻子，也喊了妻子的名字。舅妈说这是她近几天来的唯一一次清醒。然后，外婆目光朝窗外望去，春天的花草开得正艳。她坐轮椅已经好几年了。有一年春天，我开车带她去石湖。妈妈和舅舅轮流推着轮椅，我们绕石湖慢走了一小圈。我看她总是望着湖面，就把轮椅推到湖边，扶她站起来。她双手紧握栏杆，认真地眺望远方。游船、水鸟、波浪、花树、水草，她不想错过任何动静。一只风筝从岸边直飞湖心，她仰头望风筝，目光跟了好久。一缕银发飘散于眼前，她用手拂了一下。我看到她眼中闪过无奈与悲凉。很久以前，我也见过她的类似表情，那次是我的错。外婆忌口的东西很多，牛羊肉、大蒜洋葱韭菜等从不碰，我最难理解的是茄子她也不吃，所以她做出的菜难免单调、老套。有一天傍晚，在学校里被老师批评的我，闷头冲进家门，见饭桌上又是炒青菜、炖豆腐、榨菜肉丝汤，恨得我说了句："你就会这点花头经，我宁可饿肚子，也不要再吃这样的饭了。"我扭头朝门外走。回头看外婆，她一脸无奈与悲凉。街头冷风渐渐吹凉我发热的脑袋，走了三四个红绿灯，我踅回家。外婆见我回来，诧异中带着高兴，连忙说菜都没了，炒两个鸡蛋吧。从此，我对外婆再没有说过任何重话。她留给我最宝贵的品质是善良、隐忍。她对我们流露出的爱的天性，使我产生了强烈的对老人的爱的人性。

小寒是一年中最冷的一天，或许也是一年中老人们最难熬的一天。《小寒》正是想用小说的手法，提醒大家关爱老人。老人需要的温暖，来自方方面面，包括小说中的一句提示、一瓶温水。"老吾老以及人之老"，正是社会文明程度高的具体体现。敬重老人，也是对历史、岁月的致敬。

大 寒

　　她把车稳稳地停靠在小区门口。后排一对小夫妻礼貌地对她说声谢谢，从右后门下了车。

　　掉头时，调度平台上跳出一条信息。本来她不想接的，看看上车地点近，回家也顺路，她接了单，向附近路口驶去。网约车带车加盟的年龄上限是五十五岁，她前年踩线入盟。和以前一样，这三年，她也是安全行驶无事故、无投诉标兵。

　　上车的是一名年轻男子，瘦高个，羽绒服里一身黑色西服，打着领带。和其他乘客不同，他不看手机，紧紧抓着手里的黑色双肩包，眼睛直视前方，嘴唇不时蠕动。

　　她瞄了他几眼，年纪二十岁左右。这么晚了，一个人穿得这么正式，这是要去做什么呢？如果早些年，她开出租车时，肯定在十分钟之内把情况问个一清二楚。现在，她只是暗暗把暖气调高，大拇指在方向盘上轻轻摩擦。

突然，年轻人手机响了："嗯嗯，我已经在路上了……好的，九十八楼，我知道的。你们先准备吧，我还有大概二十几分钟到，到了马上开始。"

准备？开始？她琢磨话中意思。是布置会场？不需要穿这么正式。是会见重要人物？不会约在午夜时分。突然，她明白了，九十八楼应该就是目的地新城商贸中心的顶楼，那里集中了商贸中心各式样板房，好多剧组来拍电影、电视剧。虽然没有去过顶楼，但是从热播影视剧里，她看到那些高楼外的街市景象，特别熟悉。

哦！原来他是去拍影视剧的呢。通过反光镜，她不免多窥几眼。俊朗的脸、深邃的大眼睛、往上微翘的嘴唇。她想起初恋情人阿强，也是个演员。

高中毕业，她招工进了化工厂。半年专业培训结束的时候，劳资科长把她叫到办公室，拿着她的培训成绩说："你很优秀，考试、考核第一名，现在有个驾驶员培训名额，厂里想派你去学。"

当时，驾驶员培训是一年时间，不仅学交通法规、车辆原理、驾驶技术，车辆维修也在学习范围内。她是班上唯一的女生，长得漂亮，学得又扎实，很快成为师兄弟们追求的目标。她都没理他们，在心里，她总觉得可以找到更好的对象。

她成为厂里第一位女驾驶员,开着蓝色东风 140 卡车,奔跑在运输原材料、成品的道路上。

能够搭乘她车子办个事,成为厂里小青年的热点话题。可她有点一板一眼,就连劳资科长要去局里办事,她也只把他顺道拉到公交站。"工作路线不能偏离。"这句话,把劳资科长气得够呛。

一个电影剧组进驻化工厂。女主角扮演司机,但是演员不会开车。导演让她开车,一遍遍地从车间开到大门口。后来她坐在电影院里,看着自己最熟悉的车辆渐渐离镜头越来越近,心里开心极了。不料切到驾驶员脸,却是女主角。她遗憾了一分钟,又深情投入到电影里。演员阿强正在和她谈恋爱。阿强虽然不是主角,可他长得帅,又风趣。她再次从反光镜里看了一眼年轻人,眉眼之间有种特别吸引人的东西,这也是阿强的特质。

她忍不住问了一句:"你们演员真不容易,拍戏都在凌晨呢。"

年轻人愣了一下,随后笑了笑,嘴角更加往上翘:"你怎么知道我们在拍戏啊?"

"我听说新城中心顶楼样板房经常租给剧组拍戏呢。"

年轻人眼中闪过一丝忧郁,叹了口气:"我倒是很想拍电影、电视剧，可哪有角色给我演呢。"他拍拍抱在怀里的双肩包，"主角在里面呢！"

"那你们这是干什么呢？"路口等红灯，她转过脸问。

他打开背包，取出几个包装精美的盒子："男士护肤产品、须后水。"

她踩油门启动车子的时候，似乎闻到一股清新的须后水气味，阿强靠近她的时候，总散发这样的迷人气息。

那个阶段，她沉醉着。开车的时候，油门特别轻，车子又快又稳。厂里总机接线员散布消息，外地打来的电话，大部分都是转车队找她的。很快，上上下下都知道美女司机交了演员男朋友。阿强渐渐有了小名气，大家在电影杂志、海报上看见后，对她羡慕嫉妒。

过了一阵子，电话不来了，电影杂志也没了阿强照片。她跑到总机，请接线员打通电影制片厂电话，对方要么支支吾吾，要么说不知道这个演员情况。

接着报纸上出了消息，阿强犯了流氓罪，进去了！整个化工厂顿时成了谣言篓子。阿强这个罪名实在太刺激，给了大家极大的想象空间。

方向盘沉重得像石磨，刹车硬得像铁板，即使在空荡的街道上，她也开得很慢很慢。也是大寒节气，她十指长满冻疮，晚上盖两条厚棉被还觉得冷。半夜冻醒后，她也突然清醒了，决定向领导说明情况。

她找到劳资科长、车队长。

"我不是他们谣传的那种人！演员阿强在厂里拍片时认识了我，我们一起吃了几次饭，看了几场电影。我们最多拉拉手、说说话，我是清白的！"

两位领导抽着烟，使得布满水汽的窗户更加模糊。他们轻声交换意见，对她说："你写一份情况说明，报上来吧。"

她觉得委屈，自己明明什么都没做，还要自证清白。那些指戳她的手指，不是一根两根，或许有人还会在她的情况说明上做文章。

她走到厂里池塘边，发现池水结成了厚厚的冰。她用棉鞋踩踏冰面，发出空洞的声响。这是最寒冷的时候，咬咬牙，挺过去，就回暖了。

她没有写情况说明。

驾驶培训班的大师兄徐亮找到她。学车的时候，徐亮最照顾她。他不善言辞，其他师兄弟嬉笑吵闹，他总是躲到一边看车辆修理书。

她约徐亮中午在厂大门口见面，走出去的时候，忽然闻到一股浓郁的香味，瑞香花开了。

她见到徐亮，问了他一句："我的事情你听说了？"

他点点头，回了三句："我相信你，嫁给我吧。我带着一个儿子。"

她的手吊住徐亮胳膊，带着他在厂里兜了一圈，头微微朝他肩膀靠过去。出去吃饭的、到食堂吃的、拿着热气腾腾饭盒的工人们，又开始交头接耳。下午，新闻就传遍厂区。

结婚后，她没有生孩子。看了好多家医院，也没用。徐亮带过来的男孩特别懂事，亲切地喊她"姆妈"。她也督促男孩多去看望住在同一城市里的母亲。男孩过十岁生日的时候，两个新家庭还一起吃了顿饭。

化工厂改制，她成为第一批下岗自谋职业的工人。城市不断扩张，外来人口激增，出租车公司急需驾驶员，她应聘成为市里最大出租车公司的一名专职女司机。为出租车维修的，正是徐亮所在的修理厂。生意好的时候，她连上厕所的时间都没有。徐亮总为她准备一些吃的，等车子拐进修理厂后，赶紧递上热茶和点心。

司机和修理工时不时拿他俩寻开心，她嘴上不饶人，心里却是开心的。这样的日子持续了五年。

那个黄昏，她正拉着客人往火车站方向开。突然电台里调度直接喊她名字，让她迅速回场。这是非常奇怪的指令，以前她从未遇到。她把客人送到火车站，正值下班高峰。她被堵在城市主干道上，调度没有再喊过她。她的心一直在狂跳，太阳穴胀痛，四肢发抖。她用深呼吸稳定自己的情绪，向西开的时候，金色阳光刺痛她双眼，眼泪淌了出来。

一辆箱式卡车发生侧翻，徐亮被压在下面。

处理完徐亮后事，她用保险金买了一套一室半公寓房，搬离了一家三口快乐生活的平房。为了照顾孩子，她只做白班。清晨六点，她做好早饭，焐在电饭煲里。检查孩子闹钟后，她下楼，在固定地点等晚班师傅交车。傍晚六点，她又把车开到那个地方，再次交班。

孩子很聪明，作业什么的不用她管，成绩一直排在年级前列。孩子母亲曾经打过电话同她商量，接孩子过去生活。她犹豫了一下，说问问孩子意见。悄悄地，她把孩子的东西都打包好，只等孩子说句话，就送他过去。

那天，她炒了孩子最喜欢的虾仁蛋炒饭，煎了面拖猪排，还开了一听可口可乐。她觉得这可能是最后的晚餐了。直到孩子吃完，她才征求意见。孩子默默地收拾碗筷，走到水槽边洗刷。她看到孩子后背在微微颤抖，她冲过去，紧紧抱住孩子。她突然间发现，自己变矮了，头只到孩子脖子了。

新城中心高耸的塔楼就在眼前了，她听到年轻人拉羽绒服拉链的声音。每次下车前，她也都关照孩子扣好纽扣、拉好拉链。昨晚视频的时候，她刚想说天冷，注意保暖，孩子在那边却先对她说了。

她没有在北方生活过。北京只去过两次，一次送孩子上大学，另一次孩子结婚，都在北京最好的季节里。虽然孩子陪着她参观了好多名胜古迹、宏伟建筑，她却感到身上系着的与孩子相连的那根绳索，在一股股断裂。

孩子不回来了，父母前些年也相继去世，她一个人生活。边上好多人说她真是个不幸的女人，可她不这么想。有些人看似幸福地过了一辈子，还不如她那五年。那五年美好记忆，一直在她脑海里浮现。

年轻人下车。她喊住他，从工具箱里拿出一根红红的中国结，递给他。

"快过春节了，祝你新年快乐！"

年轻人调皮地对她敬了个礼："谢谢阿姨！"

她微笑着轻轻踩下油门，关掉调度平台，打开收音机音乐节目。

明天她休息，现在她隔一天出勤开车。

她参加了志愿者服务队。休息的时候，她到特教学校做志愿者。她不会辅导残障儿童，就帮着打扫卫生、端水送餐，干些杂活，忙前忙后。

她以为学生们不会认识她。

有一天，搬东西的时候，她被绊倒了，好几个小朋友围过来，搀扶她起来。一瞬间，她眼前模糊了，有被自己孩子保护的感动。一个扎两条小辫的女孩对着她一番手语，拿出一根大红中国结塞进她手心。很快，更多孩子都去拿来中国结给她。

老师走过来跟她说："那是小朋友们的手工课作品。他们做一根中国结要花常人几倍时间和精力，把心爱的东西送给你，是真心感谢你呢。"

她细看手中一把中国结，根根平整服帖，线条流畅，红须在风里轻轻飘动。

她留一根挂在家里，其余放在车上。遇到辛苦的乘客，就像那位年轻人，她会送上这份特殊的礼物。在最寒冷的季节里，给他们温暖，为他们鼓劲。

——大寒——

| 车轮滚过年轮

　　夜深人静时，躺在床上，偶尔有车辆驶过街道，我想，车轮滚过城市同时，也画出了年轮。城市生活最重要的莫过于车轮了。

　　小时候最向往的职业就是驾驶员。每次卡车停在街边，我和小伙伴们都争先恐后地爬上驾驶室踏板。这是方向盘、排挡，那是刹车、油门，还有离合器！如果有个伙伴认出离合器，那么他的地位立刻提升很多。为什么当时这么迷恋汽车？大概与我们现在探索"胶囊列车"一个道理吧：与众不同的速度和形态，可以把我们带往陌生、未知地带。为了体验从高处滑落的激情，我偷偷驾驶三轮车，从桥面冲向大街，结果脚被卷进车轮，棉鞋、棉袜被搅碎，脚背血肉模糊，留下至今清晰可见的疤痕。

　　驾驶得了车轮，似乎能更好地驾驭生活。我一位亲戚年轻时是专业驾驶员，就像《大寒》里的"她"那样，经过长时间专业培训成为合格司机。开过卡车、客车、轿车，载过货物、客人、领导。我小时候最喜欢听他吹牛，他讲的故事大多带有戏剧性、神秘性。他还善于卖关子，说到关键处，让我们猜结果。当时苏州发生一桩神奇事件，在离我家很近的瑞光塔发现了宝物，街上流行说法是三个掏鸟蛋的孩子无意中发现了舍利塔。

他却摇摇头，说漆黑塔身发出红光吸引孩子目光、寻找宝物时，随手点燃的竟然是珍贵的手抄经书，还有其中一个孩子经历此事后，就此昏睡不醒，发出听不懂的呓语等。当时我除了惊奇，就是佩服。驾驶员在信息闭塞环境下，凸显其"传媒者"在人际传播中的作用。随着各类信息公开透明，那位亲戚说的故事、段子，渐渐失去权威性、唯一性。退休之后，他专心训练八哥说话，八哥最拿手的一句是：倒车！

社会进步，科技发达，使得驾驶员"特殊性"降低。城市里，"人人都是司机"的现象普遍。大多数像《大寒》中的女司机那样，是普通劳动者。天天坐在车轮上，更能感受时间滚过的隆隆声音。整天闷在车厢里，单调、乏味，虽然在城市行走，却与城市隔了玻璃屏障。消除这道屏障的做法，"她"给出了很好的答案："休息的时候，她到特教学校做志愿者。她不会辅导残障儿童，就帮着打扫卫生、端水送餐，干些杂活，忙前忙后。"从驾驶员岗位的"特殊"到"平常"，再到主动加入志愿者队伍，"她"的生活变迁折射出时代洪流中普通市民的剪影。倏忽间，人就改变了样貌。

如果把地球看成一个巨大的车轮，那么我们真就坐在轮子上，迎来春秋冬夏，感悟生命百态。